SHORT CLASSICS
短经典精选

UN VERDOR TERRIBLE

Benjamín Labatut

当我们不再理解世界

〔智利〕本哈明·拉巴图特 著　施杰 译

人民文学出版社
PEOPLE'S LITERATURE PUBLISHING HOUSE

著作权合同登记号　图字 01-2022-0119

Un verdor terrible
By Benjamín Labatut

Copyright © Suhrkamp Verlag Berlin, 2020
All rights reserved by and controlled through Suhrkamp Verlag Berlin
on behalf of Puentes Agency
Simplified Chinese edition copyright © 2022 by Shanghai 99 Readers' Culture Co., Ltd.

图书在版编目(CIP)数据

当我们不再理解世界/(智)本哈明·拉巴图特著；施杰译. — 北京：人民文学出版社，2022(2025.1 重印)
(短经典精选)
ISBN 978-7-02-017322-8

Ⅰ.①当… Ⅱ.①本… ②施… Ⅲ.①短篇小说-小说集-智利-现代 Ⅳ.①I784.45

中国版本图书馆 CIP 数据核字(2022)第 123907 号

总　策　划	黄育海
责任编辑	朱卫净　邰莉莉
出版发行	人民文学出版社
社　　址	北京市朝内大街 166 号
邮政编码	100705
印　　制	凸版艺彩(东莞)印刷有限公司
经　　销	全国新华书店等
开　　本	890 毫米×1240 毫米　1/32
印　　张	5.5
字　　数	102 千字
版　　次	2022 年 9 月北京第 1 版
印　　次	2025 年 1 月第 11 次印刷
书　　号	978-7-02-017322-8
定　　价	59.00 元

如有印装质量问题，请与本社图书销售中心调换。电话：010-65233595

SHORT CLASSICS
短经典精选

（……）我们攀升，我们坠落。我们通过坠落而攀升。失败塑造了我们。

我们唯一的智慧是悲剧的，它总是到来得太晚，也只为迷失者所知。

盖伊·戴文坡

目录

001 | 普鲁士蓝
026 | 史瓦西奇点
048 | 心之心
074 | 当我们不再理解世界
150 | 后记：夜晚的园丁
162 | 致谢

普鲁士蓝

距纽伦堡审判还有几个月时，医生给被告们做了次体检，发现赫尔曼·戈林的手脚指甲都被染成了怒红色。他们以为——误以为——这种染色现象是双氢可待因上瘾所致，因为戈林每天都要服用百余粒这种止痛片。据威廉·巴勒斯称，这种药物的效果近似于海洛因，比可待因至少要强上两倍，又有种电光石火的感觉，与可卡因相类。这也是为什么那些美国医生被迫要在他出庭之前治好他的依赖症。这事并不容易。盟军抓获这位纳粹头目时，后者拖着个旅行箱，里面不仅装着他化装成尼禄时所涂的指甲油，还有超过两万片他最爱的这种药物——"二战"末期德国产的这种药，剩下多少，几乎全都在这儿了。他的上瘾并不是个例：整个德国国防军的军粮中都配给有甲基苯丙胺片剂。它在市场上的名字叫作拍飞丁，士兵服用以后就可以一连几周醒着，虽说精神完全是错乱的，不是躁狂症式的愤怒就是噩梦般的昏睡，两者交替进行。它是如此强劲，导致许多人都经历了止不住的怡悦："绝对的静默统治着大地，一切都变得微不足道了,也如此不真实。我感觉自己完全失重了,像在我飞机上方飞行。"多年以后,纳粹空军的一位飞行员这样写道,像在回忆一派恬然的景象、一个宁静的出神时刻,而不是战争中狗一般的日子。德国作家海因里希·伯尔从前线给家人写过好几封信,叫他们给他再寄点这种药:"这儿很困难,"一九三九年十一月九日,他写信给父母,"我只能两三天给你们写一封信,希望你们可以理解。今天写这封信主要是想请你们给我再寄点拍飞丁。爱你们。海因。"而一九四〇年五月二十日,他又给他们写了封慷慨激昂的长信,在末尾又提出了同样的要求。"能不能再给我弄点拍飞丁?我好有点储备。"又过了两个月,他父母收到的已仅仅是颤巍巍的一句:"可能的话,请再给我寄点拍飞丁。"如今我们也知道了,德国不可阻挡的闪电战,其燃料正是甲基苯丙胺。而在尝到药片融化在口中的苦味的同时,许多士兵都精神病发作了。当他们的闪电战最终被盟军暴风雨般的轰炸扑灭,坦克的履带也被俄罗斯的冬天冻结,元首下令毁掉国境内所有有价值的东西,仅给盟军留下一片焦土。就在这一刻,帝国的最高统帅们尝到了一种十分不一样的东西;摆在他们面前的是彻彻底底的失败,他们给世界唤来的这派可怕的景象最终吓垮了他们自己,他们选择了一条最快的出路,咬碎了口中的氰化物胶囊,进而窒息在这种毒物的杏仁甜香里。

战争的最后几个月里,一波自杀的浪潮席卷了德国。仅一九四五年四月，在柏林自杀的就有三千八百人。而在首都以北三个小时车程的小镇德明，人们陷入了一场集体恐慌，因为撤退的德军炸毁了连接这座小镇与外界的桥梁，把所有镇民都困在了这个被三条河包围的半岛上，他们不得不手无寸铁地面对苏联红军。短短三天里，成百上千的男女老少竞相赴死。一整个一整个的家庭朝托伦瑟河中央走去，腰上绑着根绳子，像在参加一场骇人的拔河，而那些最小的孩子都背上了塞满石头的书包。此间混乱如是，以至于苏军都接到了制止这场自杀瘟疫的命令。有位妇人，他们不得不救了她三次，她三次自挂于她花园里的一棵巨大的橡树，而在树下，她的三个孩子都已经被埋在了那里，她把老鼠药用作了糖霜，撒在了小饼干——他们最后的欢乐上。那妇人活了下来，但士兵们没能阻止另一位女孩因失血过多而死，她用剃刀拉开了自己的静脉，而此前，她用同一把剃刀划开了她父母的手腕。寻死的愿望也同样支配着纳粹党的上层：在此间相继自杀的，有陆军将领五十三名、空军十四名、海军十一名，外加教育部长伯恩哈德·鲁斯特、司法部长奥图·提拉克、陆军元帅瓦尔特·莫德尔、"沙漠之狐"埃尔温·隆美尔，当然还有元首本人。至于像赫尔曼·戈林那样犹豫了一下，继而被活捉了的，那件不可避免的事也只是被略微延后了。当医生最终宣布他可以受审了，他接受了纽伦堡法庭的审判，被判处了绞刑。戈林申请了枪决：他不想像普通罪犯一样死去。而当他得知他最后的这个愿望也会被拒绝时，他嚼碎了他藏在发蜡筒里的那个装有氰化物的安瓶。在一旁他还留了个字条，说他选择了自杀，"向伟大的汉尼拔致敬"。盟军试图抹去所有他存在过的痕迹，就移除了他嘴里的玻璃片，又把他的衣服、随身物品和光溜溜的尸体一起送到了慕尼黑东公墓旁的市立火葬场。那儿有个专门用来火化他的炉子，他的骨灰会和斯塔德海姆监狱断头台上数以千计的政治犯和纳粹政权的反对者、被执行了T4行动安乐死计划的残疾儿童和精神病患者，以及不计其数的集中营殉难者混在一起。而最后仅剩的这点东西，盟军在半夜里把它撒进了文茨巴赫河。这条更像小溪的河流是他们在地图上随便选的，为的是避免后人将他最后的归宿当成朝圣目的地。但所有这些努力都是徒劳的：直到今天，全世界的收藏家还在交换着这最后一位纳粹大领导人、德国空军元帅、希特勒天然接班人的财产和遗物。二〇一六年六月，一个阿根廷人花了三千多欧元买进了这位帝国元帅的一条真丝内裤，几个月后，这个男人又为当初藏有戈林嚼碎的那支安瓶的铜锌发蜡筒付出了两万六千欧元。

类似的胶囊，其实纳粹党的精英们都收到了。那是一九四五年四月十二日，首都陷落之前，柏林爱乐乐团最后一场音乐会的终幕。军备部长、第三帝国的官方建筑师阿尔伯特·施佩尔为此准备了一场特别的演出：贝多芬的《C大调小提琴协奏曲》，紧接着的是布鲁克纳的第四交响曲《浪漫》，而最后，无比应景的，是理查德·瓦格纳的《诸神的黄昏》，伴随着第三幕结尾时布伦希尔德的咏叹调，女武神瓦尔基里在巨大的火焰中献身，那火越烧越烈，最终吞噬了人间，吞噬了瓦尔哈拉的圣殿与战士，吞噬了众神。散场的人朝出口处走去，布伦希尔德的哀嚎还回荡在他们耳边，而就在此时，希特勒青年团旗下德国少年团的成员们——都不满十岁，因为十几岁的都死在街垒上了——用小柳条筐子分发起了氰化物胶囊，就像在发做礼拜时的施舍。同样的胶囊，有些被戈林、戈培尔、鲍曼和希姆莱用作了自杀时的利器，但也有许多纳粹领导人在咀嚼它们的同时选择了对准自己头部射击，他们就怕毒物不起作用，或者有人从中作梗，不能给他们以立即无痛的死亡，而是他们应得的缓慢的痛苦。希特勒过份怀疑他那份毒药被掺假了，以至于想试试它的毒性：他把它喂给了他最爱的布隆迪——陪他来到元首地堡、睡在他床脚下、尽享各种特权的那只德牧。苏联人已经包围了柏林，且离地下避难所越来越近，与其让宠物落进苏联人手里，不如早早结果了它。可他不敢自己动手，就叫他的私人医生把胶囊掰碎在它嘴里。母狗当场就死了。它刚生完四只小崽。由一个氮原子、一个碳原子和一个钾原子构成的小小的氰化物分子进入它的血流，切断了它的呼吸。

氰化物的效果是如此立竿见影，乃至在整个历史上也只有独一份关于它味道的记录。那是十九世纪初一个名为 M. P. 普拉萨德的人留下的，这是位印度金匠。三十二岁的他在吞下氰化物后还来得及写下了三行字："医生们。氰化钾我尝过了。烫舌头。酸的。"人们在他遗体旁边找到了这张字条。为了自杀，他在酒店租了间客房。氰化钾的液体形态在德国被称为蓝酸，挥发性极强，沸点仅二十四摄氏度，会散发出一股淡淡的杏仁味，甜中带有微苦，但不是所有人都能闻到，因为要分辨它需要一种特殊的基因，百分之四十的人都没有。而出于这种进化上的偶然，很可能在奥斯维辛、迈丹尼克和毛特豪森被齐克隆 B 杀害的人里有很大一部分都没有注意到充进毒气室的氰化物的味道，而另一些人则一边死去，一边闻着一手造成他们灭绝的人在嚼碎自杀胶囊时品尝到的同样的芳香。

此前几十年，纳粹在其死亡集中营所用毒物的前身，齐克隆 A 是被当成杀虫剂，喷洒在加利福尼亚的橙子上的，数以万计的墨西哥移民在偷渡入境美国时所坐的火车也会用它来灭虱。这些车厢都被染上了一层美丽的蓝色。如今在奥斯维辛的某些砖墙上还能见到这种颜色。两者都指向了氰化物真正的源头——一七八二年，第一种现代合成颜料诞生了：普鲁士蓝。

它甫一出现，就在欧洲艺术界引起了轰动。由于价格低廉，它在短短几年内就完全取代了从文艺复兴以降、画家们用来装点天使的袍子和圣母的披饰的群青。在所有的蓝色颜料中，群青是最精致同时也是最昂贵的，要制作它，必须从阿富汗阔克查河谷岩洞中掘出青金石来研磨。而这种矿物一旦被碾成极细的粉末，就会呈现出一种极其深邃的靛蓝的色调。它一直都无法用化学方法复制，直到十八世纪初，一位名叫约翰·雅各布·狄斯巴赫的瑞士颜料商发明了普鲁士蓝。普鲁士蓝的发明源自于误打误撞，他真正想要产出的是洋红，后者是通过碾碎数以百万计的胭脂虫雌虫获得的。这种小虫会寄生在墨西哥和中南美洲的仙人掌上，是种十分脆弱的生物，需要比蚕更多的照料，因为它们绒毛状的白色身体很容易受到风雨的吹淋和霜冻的摧残，或被鼠、鸟和毛虫吃掉。它们猩红色的血和金银一起，成了西班牙征服者从美洲人民那里掠走的最大财富。有了它，西班牙王室就对洋红确立起了持续几个世纪之久的垄断。狄斯巴赫希望打破这种垄断，他采用的方法是往他的助手之一、年轻的炼金术师约翰·康拉德·迪佩尔所创造的几种动物尸体混合后的蒸馏物上倒钾碱。但如法炮制，产出的却不是胭脂虫的怒红色，而是无比耀眼的一种蓝，以至于狄斯巴赫都以为他找到了人造青金石，一种天空的原色——埃及人用来装点他们神祇的那种传说中的蓝。它的配方曾被埃及祭司们守护了数个世纪，后被一个希腊小偷盗走，当罗马帝国陷落时，配方便彻底失传了。狄斯巴赫把他的新颜色命名为"普鲁士蓝"，在他偶然的发现与他身处其中的帝国间建立起了一个密切而又持久的关系，因为在他看来，这个帝国的荣耀必将超越前人。这不怪他，因为，只有能力比他大得多的人，或许还得有点预言的天赋，才有可能想象到它未来的覆灭。而狄斯巴赫，他不仅没有那种卓越的想象力，连最基本的商业技能也欠缺，一点都不会做生意，导致他完全没有享受到自己的创造所带来的物质财富。这些钱最终落到了他的赞助人，约翰·莱昂哈德·弗里施手里，这位鸟类学家、语言学家和昆虫学家把狄斯巴赫的蓝色变成了黄金。

弗里施在巴黎、伦敦和圣彼得堡大量批发普鲁士蓝，狠赚了一笔。用这些钱，他在施潘道买下了几百公顷的土地，养起了普鲁士全境的第一批蚕。这位极富热情的自然科学家给腓特烈·威廉一世去了封长信，盛赞了蚕这种小动物独特的好处。在同一封信里，他还描绘了一个宏大的农业转型计划，在梦里，他隐约见到过那个场景：他看到帝国所有教堂的院子里都生长着桑树，每片翠绿的叶子都在哺育着家蚕的宝宝。腓特烈王畏畏缩缩地把这事付诸实践了。两百多年后，第三帝国凶猛地响应了他的计划。无论是废土还是居民区，学校还是墓地，医院还是疗养院，以及新德国所有公路的两侧，都被纳粹种上了这种树，总共有几百万棵。他们还给小农户们发放了手册和说明书，详细介绍了国家认可的桑蚕采收和加工技术：收获之后，要在沸水上悬挂三个多小时，这样蒸汽就会慢慢杀死它们，而它们用来结茧的珍贵材料却不会受到一丁点的损伤。而同样的规程，在弗里施的时代，被他写进了他巨著的附录。这部书总共有十三卷，他把生命的最后二十年都奉献给了它。在其中，他以近乎疯狂的细致给德国本地的三百种昆虫编了目。在最后一卷里，他还讲到了蟋蟀的整个生命周期，从蛹的状态到雄虫求偶的歌声，一种高亢刺耳的尖叫，极像婴儿的哭声。弗里施还描述了它的交配机制和雌虫排卵的过程，那些卵的颜色和让他富起来的那种颜料惊人地相似，而后者刚一开卖，就已经被全欧洲的艺术家用了起来。

用它完成的第一幅名作是彼得·范·德·韦尔夫于一七〇九年创作的《基督下葬》。在这幅画里，天空中的云将地平线遮蔽了，而掩着圣母脸孔的面纱泛着蓝莹莹的光，映出了围在弥赛亚遗体旁的使徒们的哀伤，基督裸露的身体苍白无比，竟把亲吻他手背的妇人的脸都给照亮了，她仍跪在那里，似乎想用嘴唇烙上他被铁钉拉开的伤口。

铁、金、银、铜、锡、铅、磷、砷：十八世纪初的人类所知道的单质也就这么一小把。化学还没有从炼金术中分隔出来，而那一系列有着神秘名称的化合物，辉铋、矾、辰砂和汞合金等，就像培养液，孕育着各种幸福而始料未及的意外。就好比普鲁士蓝，要不是在颜料坊供职的那位年轻的炼金术士，就不会有它。约翰·康拉德·迪佩尔，自称虔信派神学家、哲学家、艺术家和医生，而骂他的人呢，都仅仅当他是个骗子。他出生在弗兰肯斯坦的那座小城堡里，位于德国西部，距离达姆施塔特不远，他打小就有一种神奇的魅力，只要谁跟他待一起久了，就会被他给绕迷糊。他超人的说服力使他得以诱惑同时代最重要的科学家之一，瑞典神秘主义者伊曼纽·史威登堡，后者在最开始时曾是他最热心的弟子，后来却成了他的死敌。据史威登堡称，迪佩尔有种天赋，可以叫人背离信仰，继而夺走他所有的智慧与善良，让他"在一连串的谵妄中弃绝它们"。而在史威登堡最激昂的一篇檄文中，他更是把迪佩尔直接比作了撒旦本人："他是最邪恶的魔鬼，不仅不受任何原则的约束，而且总体来说，还反对一切的原则。"可他的批评没有对迪佩尔造成任何影响，后者在因异端思想和行为坐过七年牢后，已经对丑闻免疫了。刑满释放的他已经彻底放弃了所谓"人性"的虚荣：他在活体和死体动物身上进行着不可名状的实验，尤其热衷于解剖它们。其本来的目的是作为移植灵魂的第一人被载入史册，而最终让他成为传奇的却是他在拿那些遗体开刀时极端残忍的做法和扭曲的快乐。在他《肉身的病症与解药》一书中——在莱顿出版，用的是假名，克里斯蒂安努斯·德谟克里特——他自称发现了长生不老药，液体版的哲人石，可以治疗任何病痛，谁喝了谁就能不死。他想拿配方去交换弗兰肯斯坦城堡的地契，而那汤药唯一的作用仅仅是杀虫和驱虫：它是用腐败的血、骨头、鹿角、牛角和牛蹄混在一起制成的，所以臭得无与伦比。可正是因为它的这个特质，这种很像沥青的黏液才会在几个世纪之后被德军所使用，"二战"中，为了延缓巴顿将军部队的行进——他的坦克一直都在沙漠中追击他们——他们把它当成一种非致命的化学试剂（因而不受《日内瓦公约》的约束）倒进了北非的水井。迪佩尔的灵药的成分之一最终产出的蓝色不仅装饰了梵高的《星夜》和北斋的《神奈川冲浪里》，也装点着普鲁士步兵的制服，仿佛在这种颜色的化学结构中包含着什么，将那位炼金术士的暴力、阴暗和污秽都继承了下来，再度唤醒。在一次又一次的实验里，迪佩尔肢解着活生生的动物，用它们的部件拼成了狰狞的奇美拉，试图用电击复活它们。而正是这些怪物激发了玛丽·雪莱的灵感，让她写下了她的名作《弗兰肯斯坦，或现代的普罗米修斯》。在书中，她曾发出过这样的警告，科学的盲目发展将是所有人类技艺中最可怕的。

发现了氰化物的那位科学家亲身经历了这种危险：一七八二年，卡尔·威尔海姆·舍勒用一把沾有硫酸残留物的勺子搅拌了一罐普鲁士蓝，从而创造了现代最重要的一种毒物。他把这种新化合物命名为"普鲁士酸"，并当即意识到了它极强的活性所赋予它的巨大潜力。可他没能想到的是，在他过世的两百年后，到了二十世纪，它竟会在工业、医疗和化学领域拥有这么多的应用，以至于每个月都要生产这么多的足以毒死这颗行星上所有人的氰化物。舍勒是个被人无端遗忘了的天才,终其一生都被灾星所追逐:尽管他是发现了最多种自然元素的化学家(九种,包括氧,他称之为"火气"),他也得跟天赋比他低得多的科学家分享每一项发现的功劳,只因他们公布得更早。舍勒的出版商花了五年多的时间才把他用爱、用极端的严谨写就的著作出版出来,为此,这个瑞典人有好几次都是亲自闻过,甚至品尝过他在实验室里变出的那些新物质。虽说他很幸运地,没有对他的"普鲁士酸"做过这个——不出几秒他就会死的——但这个坏习惯仍然在他四十三岁的时候夺去了他的生命。去世时,他肝脏碎裂,从头到脚长满了脓性的水泡,因关节积水而动弹不得。这正是同时代千千万万欧洲儿童的症状,他们的玩具和糖果是用舍勒生产的一种色素染的色,是含砷的,而他完全不了解它的毒性。那种翠绿是如此耀眼、如此诱人,还成为拿破仑的最爱。

朗伍德别墅的卧室和浴室,其墙纸上都覆盖着舍勒的绿色。这阴暗潮湿、蛛鼠成灾的府邸,便是皇帝被困于英国人之手、在圣赫勒拿岛上被囚禁了六年的地方。装点他房间的油漆或许可以解释,为什么在他去世的两百年后,人们在他头发的样本里检出了高含量的砷。或许正是这种毒素引发了他的癌症,在他胃里蛀出了一个网球大小的洞。在这位皇帝生命的最后几周,病魔在他体内摧枯拉朽,当年他的军队在夷平欧洲时也是同样迅速;他的皮肤呈现出了尸体般的灰色，无光的眼球陷在眼窝里，稀疏的胡子上沾满了呕吐物的残留。他手臂上的肌肉都消失了，腿上布满痂块，仿佛那些记忆一下子都回来了——他戎马生涯的每一道伤痕和每一处创口。然而，在岛上过着流放的苦日子的还不止他一个，和他一起被禁闭在朗伍德别墅的仆人里也有不少可以为此作证：他时常胃痛和腹泻，手脚肿得可怕，且一直都在口渴，喝什么都没用。而这些仆人里也死了好几个，症状跟他们服侍的对象大抵都相同，可哪怕是这样，也没能阻止那些医生、园丁和其他工作人员争抢着故去的皇帝的床单，把它扯成了条条，尽管它染着血，沾着屎尿，且必然沾染着让他一步步走向死亡的毒物。

如果说，砷像耐心的刺客，会潜入你身体里最深层的组织，在那儿蓄力多年，那氰化物就是强盗，它会直接叫你断气。足够浓度的氰化物会突然刺激颈动脉体的化学感受器，触发一种反射，名副其实地"切断"你的呼吸。医学文献把它称作"一声可以听见的喘息声"，接踵而至的就是心动过速、呼吸暂停、抽搐和心血管衰竭。其起效之迅速，让它成了许多刺客的最爱。就比如格里高利·拉斯普京的仇敌们，他们欲将俄罗斯帝国的最后一位沙皇皇后，亚历山德拉·费奥多萝芙娜从邪术中解救出来，就把掺着氰化物的花色小蛋糕端给了这位教士。但由于一些尚不清楚的原因，拉斯普京对此免疫了，于是为了杀掉他，他们不得不在他胸口上开了三枪，又照头补了一枪,绑上铁链,投进了冰冷的涅瓦河。诚不想,毒杀失败反而抬高了这位狂僧的名声,也强化了沙皇皇后和她四个女儿对他身体的虔诚:她们派出了最忠实的仆人,把它从冰水里又捞了出来,放到了一个林中祭坛上。在很长一段时间里,寒冷都把它完好地封存着,直到有一天,当局终于把它烧了,用那个唯一可以让它彻底消失的办法。

被氰化物所引诱的还不仅仅是杀人犯和刺客。在因同性恋而被英国政府处以化学阉割,继而长出乳房之后,计算机之父、数学天才阿兰·图灵咬下了一口注射了氰化物的苹果。传说此举是在模仿他最喜欢的电影、《白雪公主》中的一幕,他在工作时也时常会自顾自地唱出其中的对句——把苹果浸上毒 / 让沉睡之死渗入。可那个苹果却从没有被检验过,以证实他自杀的假说(虽然苹果核里确实包含着一种物质,可以自然释出氰化物;只要半碗的量就可以杀人)。也有人相信,他是被英国特工害死的,尽管在"二战"中,是他带头破译了德国人通讯用的密码,对盟军的胜利做出了决定性的贡献。他的一个传记作者称,他之所以死因存疑(他的家庭实验室里有个装氰化物的瓶子,床头柜上的条子里则很详细地写着他第二天要买什么),都是他自己给安排的,都是为了让他母亲相信,这只是场意外,从而为她卸掉他自杀的包袱。这或许是他的最后一个怪异举动了,他历来都是用自己独特的目光看待生活中那些奇形怪状的事。就比如，他讨厌办公室同事擅用他最喜欢的杯子，就把它绑到了暖气片上，还加了把挂锁，直到今天它还挂在那儿。一九四〇年，当所有英国人听说德国人即将入侵时，他花全部积蓄买了两块巨大的银锭，埋到了他工作地附近的森林里。他精心绘制了一张地图，还设计了一套密码，用来标记银锭的位置。可他藏得太好了，以至于战后，他连金属探测器都用上了，也没有找到它们。在空闲时，他喜欢玩"荒岛"——一个尽可能自己为自己做各种家用物品的游戏；他制作了自己的洗涤剂和肥皂，他自制的杀虫剂强大到了无法控制的地步，把邻居的花园都给毁了。战争期间，为了去位于布莱切利园的密码破译中心，他会骑上一辆链条坏损的自行车，他坚持不修它。坚决不去修车店的同时，他会计算那根链条转几圈会掉下来，一到快要掉下来的时候，就先跳下车来。到了春天，花粉过敏叫他忍不住了的时候，他选择戴上防毒面具（战争开始的时候，英政府给每人都发了一个），见他经过的人都十分恐慌，以为毒气袭击就在眼前。

德国人会对这个岛国实施毒气袭击这件事似乎是无可避免的。英政府的一名顾问相信，如果真的发生这样性质的攻击，第一周的死亡人数就会超过二十五万人，因此，连新生儿都收到了特别为他们设计的面具。而学龄儿童用的则是被称为米老鼠的那个型号，一个可笑的别名，为的是消除他们的恐惧，毕竟他们一听见拨浪鼓的

声音,就得把胶皮带绑到头上,呼吸着罩住他们面部的生橡胶的臭气,同时还得遵循着战争部的指示:

屏住呼吸。

将面罩置于脸的前方,大拇指放在皮带内侧。

把下巴朝前推入面罩内,向上拉皮带,拉到不能拉为止。

用一根手指沿面罩与脸部接合处胶皮带环绕一圈,确认胶皮带没有弯折。

毒气弹从未降临英国,而孩子们都学会了从面罩里往外吹气,听起来就像连环屁。然而,在"一战"的壕沟中经历过沙林毒气、芥子气和氯气攻击的士兵们,他们恐怖的遭遇已经渗入了这整一代人的潜意识。要知道这一史上最初的大规模杀伤性武器造成了怎样的恐惧,"二战"中没有一个国家用它就是最好的证明。美国人是有巨量的毒气储备的,随时可以动用,而英国人在遥远的苏格兰群岛上用成群的绵羊和山羊试验过炭疽。即便是希特勒,他在灭绝营里用起毒气时是丝毫没有顾忌的,也拒绝在战场上使用它,尽管科学家们为他制造了近七千吨的沙林毒气,足以杀死三十个像巴黎这样规模的城市的居民。但元首了解毒气,他在战壕里见识过,当时的他还只是个普通士兵,毒气所带来的痛苦,他也有所体验。

历史上的第一次毒气攻击将驻守在比利时小城伊普尔附近的法军杀得片甲不留。那是一九一五年四月二十二日，一个星期四的早上，士兵们醒来时，见一大团绿幽幽的云从无人区朝他们爬将过来。它大概有两人高，浓得有如冬雾，从地平线的一端延展到另一端，长度整整六千米。它所到之处，树叶都枯萎了，飞鸟从天上落下来死了，草地被染成了病态的金属色。一股类似菠萝和漂白剂的味道搔挠着士兵们的喉咙，毒气与他们的肺黏膜发生着反应，盐酸生成了。随着那团云雾泅进了壕沟，成百上千人抽搐着倒下，被自己的黏痰堵住了呼吸。他们的嘴里冒着黄色的黏液，皮肤因缺氧而泛出了蓝色。"预报相当准。天气太好了，阳光明媚，有草的地方都闪着绿光。我们真该去野餐，而不是做我们计划做的那件事。"威利·西伯特这样写道。那天早上，他作为德军士兵之一，和战友们一起，把那六千罐氯气倾倒在了伊普尔的大地上。"突然，我们就听到了法国人的喊声。不到一分钟，步枪和机枪就都扫射了起来，这是我这辈子听到过的最猛烈的齐射。法国人的每一门炮、每一把步枪、每一挺机枪都应该在开火。我从没听过这么响的声音。不可思议的子弹雨从我们头顶呼啸而过，却止不住毒气。风仍旧在把它推向法国人的防线。我们听到了牛叫、马嘶，法国人还在射击，他们一定看不见自己在射什么。大概过了十五分钟的样子吧，枪炮声开始平息了，半小时后，就只有零星的几发了。一切重归平静。又过了一阵,气体散了,我们才跨过空毒气瓶往前走去。我们见到的是彻彻底底的死亡。什么都没有活下来。所有动物都倒在了洞外。兔子、鼹鼠、老鼠,死得到处都是。毒气的味道还弥漫在空气里,黏挂在所剩无几的灌木上。而当我们来到法军的战线时,战壕已经空了,但就在距此半英里的地方,法军尸体这儿一具那儿一具。太不可思议了。然后我们还看见几个英国人。只见他们挠着脸,撕扯着喉咙,只想重新呼吸。还有人开枪自杀。那些还在马厩里的马啊、牛啊、鸡啊,什么都死了。什么都死了,连虫子都是。"

筹划了伊普尔的这场毒气袭击的正是这种新战法的创造者,化学家弗里茨·哈伯。拥有犹太血统的他是个真正的天才,可能也是这个战场上唯一能弄懂那复杂的分子反应的人。在伊普尔死去的那一千五百名士兵,他们的皮肤为什么变成了黑色,只有他才能说清。此次任务的成功让他荣升上尉,成了战争部化学处的负责人,也为他赢得了和德皇威廉二世共进晚餐的机会。可当他回到柏林时,却遭到了来自他妻子的质问。克拉拉·伊莫瓦尔——在德国大学获得化学博士学位的第一位女性,她不仅在实验室里见到过毒气在动物身上产生的效果,还差点失去了她的丈夫。一次野外试验中,风向突然改变,毒气直朝哈伯所在的山丘冲了过去,当时的他还在马上指挥着他的部队。他奇迹获救了,他的一名助手则没有能够逃过那团毒云。克拉拉眼看他倒毙在地,扭拧着,像有一群饿坏了的蚂蚁入侵了他的身体。哈伯从伊普尔的屠杀中得胜归来时,克拉拉指责他败坏了科学,创造出了一种以工业规模灭绝人类的方法,但弗里茨全然没有理会:在他看来,战争就是战争,死亡就是死亡,管它是用什么方式造成的呢。他用他两天的假期请了所有朋友来聚会,一直欢庆到黎明。临近结束时,他的妻子下到了花园里,脱了鞋子,用他的军用左轮朝胸口开了枪。她因失血过多死在了她十三岁儿子的怀里,后者听到枪声便下了楼。而仍处震惊之中的弗里茨·哈伯,第二天就不得不赶往东线,监督又一次毒气的袭击。在战争余下的那段时间里,他仍在不断研究更有效的施放毒气的方法,同时被他妻子的鬼魂所困扰。"真还挺好的,每隔几天就要到前线去一次,看子弹飞来飞过去。在那儿,唯一重要的就是当下,而唯一的职责就是在战壕里尽我所能。但随后,我会回到指挥部,和电话绑在一起,那个可怜的女人对我说过的话就会回荡在我心里,而我一疲劳,电文中就会浮现出她的脸,叫我难过、痛苦。"

一九一八年停战后,弗里茨·哈伯被列为战犯,尽管盟军自己对毒气的热衷丝毫不亚于轴心国。为此,他不得不逃出德国,在瑞士避难,并在那里收到了荣获诺贝尔化学奖的消息:他在战前不久的一项发现不仅为他赢得了这个荣誉,也将在未来几十年内改变整个人类的命运。

一九〇七年时，哈伯率先将植物生长所需的最主要的营养物质之一，氮，从空气中直接提取了出来。这样一来，他在一夜之间解决了从二十世纪初就存在，且可能引发前所未有的全球性饥荒的肥料短缺问题。要不是哈伯，直到当时还在用鸟粪、硝石等天然物质给作物施肥的数以亿计的人都可能因为缺少食物而死去。先前几个世纪里，在欧洲人永远无法满足的需求的驱使下，一伙伙的英国人远赴埃及，掠夺古代法老们的陵墓，为的不是黄金、珠宝和古董，而是奴隶们骨头中的氮气：尼罗河的王都有成千上万的奴隶陪葬，以便在死后继续得到他们的伺候。此前，英国的盗墓者们已经耗尽了欧洲大陆的储备，掘出了三百多万具尸骸，其中就包括在奥斯特里茨、莱比锡和滑铁卢战役中丧生的士兵和战马的总共几十万具骨骼。它们被运到了英国北部的赫尔港，用约克郡的碎骨机磨成粉末，作为肥料撒进了阿尔比恩的绿野。而在大西洋彼岸，贫穷的印第安人和农民把他们在北美大草原上屠杀的三千多万头野牛的头骨一一捡了起来，卖给了北达科他州的骨头公会。公会把它们堆成了个教堂那么大的骨堆，然后送到厂里去研磨，制成肥料和"骨黑"——当时能找到的最深的颜料。德国化工巨头巴斯夫公司的首席工程师卡尔·博施将哈伯在实验室里所实现的一切转化为了工业流程，从而能在一个像小城市那么大的工厂里，通过五万多名工人的操作，产出成百上千吨的氮气。哈伯-博施法是二十世纪最重要的化学发现：可利用的氮气翻了一番，使世界人口得到了爆炸式的增长，不到一百年，就从十六亿增加到了七十亿。如今，我们体内将近百分之五十的氮原子都是人工制造出来的，而世界人口的一半多都仰赖于用哈伯的发明施过肥的食料。正如当时报纸上所说的，没有这个"从空气中提取面包的人"，可能就没有我们的现代世界了，尽管他这项神奇的发现最直接的用途不是喂饱饥饿的人们，而是为战争提供所需的原材料，使得德国可以在被英国舰队切断了来自智利的硝石供给后，仍有能力在"一战"中继续生产火药和炸药。而有了哈伯的氮气，欧洲国家间的冲突又拖长了两年，两边的伤亡人数也增加了几百万。

因战争延长而遭罪的人里就有个士官生，时年二十五岁。他真正想做的是艺术家，因而千方百计地逃避过兵役，直至一九一四年，警察来到慕尼黑施莱丝海姆街三十四号，把他揪了出来。面对坐牢的威胁，他去萨尔茨堡参加了体检，却被宣布为"不合格，体格过弱，无法携带武器"。而到了这一年的八月，成千上万人抑制不住对即将到来的战争的热情，都自愿报名参军了，我们这位年轻画师的态度也发生了急剧的转变：他给巴伐利亚的路德维希三世写了封亲笔信，请求作为奥地利人在军中服役。许可第二天就到了。

被李斯特团的战友们亲切地称为阿迪的这个男人直接被送上了战场，而这场战斗，德国人后来叫它伊普尔"对无辜者的大屠杀"，因为在短短的二十天内，就有四万名新入伍的年轻人死亡。一个连队的二百五十个人里，只有四十个活了下来，阿迪就是其中之一。他收获了铁十字勋章，被升为下士，做了指挥部的传令兵。因此，在接下去的几年里，他和前线保持着相当的距离，每天就是看看政治书，和他收养的一只猎狐㹴玩玩，他叫它小狐狸。死寂的战争时光里，他画着蓝色的水彩画，给宠物和军营生活画着素描。一九一八年十月十五日，正当他百无聊赖地等待着新命令时，英国人投放的芥子气让他瞬间失去了视力。战争的最后几周，他是在波美拉尼亚的帕瑟瓦尔克小镇里的一家医院度过的，只觉得眼睛变成了两块烧红的木炭。而当他听到德国战败、威廉二世签署退位诏书的消息时，他再度失明了，但这次失明和毒气造成的那次又是如此不同："我眼前一片漆黑，我是跟跟跄跄摸索着回的屋，我一下扑到床铺上，把烧灼着的头颅埋进了枕头。"多年后，在兰茨贝格的一间牢房里，他是这样回忆的，他因领导了一次失败的政变而被指控为叛国。他在那里待了九个月，被仇恨所吞噬，为战胜国强加给他国家的接管条款以及将军们的懦弱而感到屈辱：他们选择了投降，而不愿战斗到只剩一个人。在狱中，他规划着他的复仇：他写了本关于他如何奋斗的书，并详细描绘了一个让德国屹立于所有国家之上的计划——如有必要，他准备亲手实现它。"一战"与"二战"之间，阿迪攀升到了民族社会主义工人党的顶峰，而在他高喊着种族主义和反犹主义的口号并被加冕为德国元首的同时,弗里茨·哈伯也在努力收复他祖国失去的荣光。

由于氮气的成功,哈伯信心爆棚,开始着手重建魏玛共和国,并计划出资,将扼杀德国经济的战争赔款尽早还清。为此,他想出了一个有如奇迹的方法,和为他赢得诺贝尔奖的发现同样神奇:从海浪中收获黄金。为避免怀疑,他用假证跑东跑西,从世界不同的海域收集了五千份水样,还包括南北极的冰块。他坚信自己可以采收溶解在海洋中的金子,可辛苦工作数年之后,他不得不承认,原本的计算把这种贵金属的含量错估了好几个量级。最后,他两手空空地回到了自己的国家。

在德国,他仍是威廉皇帝物理-化学和电化学研究所的所长,他在工作中寻找着庇护。而在他周围,反犹主义已经愈演愈烈。暂时被保护在学术绿洲中的哈伯和他的团队制作出了多种新的物质,其中之一是用氰化物制成的一种气体杀虫剂,其效果之强大,为它赢得了"齐克隆"的名号,亦即德语中的"飓风"。这种化合物的非凡功效让首次使用它的昆虫学家们都惊呆了。在尝试用它给汉堡-纽约航线的一艘班船除虱后,他们直接写了封信给哈伯,夸赞它"在除虫过程中极致的优雅"。由此,哈伯创立了全国虫害防治委员会,组织了对海军潜艇上的臭虫和跳蚤,以及陆军军营中的老鼠与蟑螂的灭杀。而他战斗的对象还包括名副其实的一支夜蛾军团，后者袭击了政府囤积在全国各地筒仓中的面粉。哈伯在向他的上级报告时，把它描述为了"一场足以载入圣经的灾难，已经威胁到了德国人的福祉和生存空间"，却不知，他报告的对象已经对所有和他一样拥有犹太血统的人们实施起了迫害。

弗里茨在二十五岁时就皈依了基督教，他认同他的国家和习俗，以至于他的孩子们直到他告诉他们说必须逃出德国时，才知道他们的祖先。哈伯是在他们之后走的，到英国申请了避难，却被当地同行们狠喷了一把：他在化学战中扮演的角色，他们太了解了。所以没过多久他就离开了这个岛国。此后，他从一个国家逃亡到另一个国家，希望能抵达巴勒斯坦，胸口被疼痛紧压着，因为他的血管已经无力向心脏输送足够的血液了。他是一九三四年死的，死在了巴塞尔，去世时手里还攥着扩张冠状动脉用的一瓶硝化甘油。他完全不知道，仅仅几年之后，他帮忙创造的那种杀虫剂会被纳粹用在毒气室里，从而杀掉了他同父异母的妹妹，他的妹夫和外甥，以及其他那么多的犹太人；他们都蜷缩着身子，肌肉僵硬，皮肤上是红色和绿色的斑块，他们的耳朵在流血，口吐白沫，年轻人把孩子和老人都压在了身下，他们在赤裸的尸堆上攀爬着，只想多呼吸几分钟或几秒，因为齐克隆 B 在从房顶的开口倒下来之后，是会积聚在地面附近的。随后，一待风扇把氰化物的雾气吹散，这些尸体就会被拖到几个巨大的炉子里去焚烧。他们的骨灰会被埋进万人坑，倒进河里、池塘里，或是撒在附近的田地里当作肥料。

在弗里茨·哈伯去世时随身带着的少数几样东西里，人们发现了一封他写给妻子的信。在信中他坦言，他感到了一种难以忍受的内疚，但并不是因为他在这么多人的死亡中直接或间接地扮演了什么样的角色，而是说，他从空气中提取氮气的做法改变了地球的自然平衡，他担心世界的未来将不再属于人类，而是属于植物，因为，只要世界人口缩减到前现代的水平，哪怕只有几十年，这些植物就会刹不住地疯长，借着人类遗留给它们的过剩的养分，到那时，它们就会在地球表面蔓延开来，直到将它彻底填满，把所有的生命形式都淹死在一片可怕的绿色里。

史瓦西奇点

一九一五年十二月二十四日，阿尔伯特·爱因斯坦在他柏林的公寓里喝茶时，收到了从"一战"战壕里寄来的一个信封。

它穿越了一个燃烧的大陆，脏兮兮，皱巴巴，沾满了泥土。一个角已经完全被扯坏了，寄件人的名字也被血迹所覆盖。爱因斯坦戴上手套，把它拿了起来，用刀把它划开。里面是一封信，而信中包裹着的是一位天才最后的火花：卡尔·史瓦西，天文学家、物理学家、数学家、德军中尉。

"如您所见，战争对我足够仁慈。虽有炮火凶猛，我仍可以从一切中逃离出来，在您思想的土地上进行这次短暂的漫步。"信是这样结束的，而爱因斯坦在读它的时候，表情完全是呆滞的，这并不是因为这位德国最受尊敬的科学家之一竟在俄国前线指挥着一支炮兵部队，或是，他的这位朋友向他隐晦地预报了一场即将到来的灾难，而是因为在信的背面，寄信人用极小的字迹——为了解读它们，爱因斯坦被迫用上了放大镜——把广义相对论的第一个精确解给写了下来。

他一遍遍地读着那封信。相对论是什么时候发表的?一个月前吗?还是一个月都不到?史瓦西不可能在这么短的时间里就解开了这么复杂的方程吧,因为连他自己——这是他发明的啊——都只找到了一些近似解。可史瓦西的这个解是精确的:它完美地描述了一颗恒星的质量是如何使它周围的空间和时间变形的。

虽说解就在他手里,可爱因斯坦仍然不敢信。他也知道,要提升科学界对他理论的兴趣,这些解是至关重要的;直到那一刻,人们都对它没什么热情,很大程度上也是因为它的复杂性。此前,爱因斯坦已经接受那种可能性了:或许没有人能就这些方程给出一个令人满意的解,至少在他有生之年不行。而史瓦西竟然在迫击炮的轰炸和毒云中做到了这一点,这真是个奇迹。"我从没想到,有人可以这么轻易地找到这个问题的解!"一平复下来,他就回复了史瓦西。他说他一定会尽快把这篇东西提交给学界,诚不知,他已是在给一个死人写信。

史瓦西求得这个解,所用的技巧非常简单:他分析了一颗无自转无电荷、呈完美球形的理想化的恒星,然后用爱因斯坦方程来计算这团质量会如何改变空间的形状,就好比一颗炮弹,把它放到床上的时候,床垫就会弯曲。

他的测算无比精确。时至今日，我们在描述恒星的运动、行星的轨迹，以及光在经过一个具有强大引力影响的物体所发生的弯曲时，仍然会使用它。

然而，在史瓦西的解里，却有一些非常奇怪的地方。

对于一颗普通的恒星来说，他的解是可行的，周围空间会发生轻微的弯曲，正如爱因斯坦的预测。而那颗恒星则会悬在这片凹陷的中心，就像窝在吊床里的两个孩子。可是，当太大的质量集中在一个极小的区域里，问题就出现了。这种情况是会发生的，比如一颗巨大的恒星耗尽了燃料，在它自身的引力作用下开始坍缩。根据史瓦西的计算，在那样的情况下，空间和时间不是弯曲的，而是被撕碎了。那颗星会变得越来越紧实，密度也将不断增加。其引力会变得如此之大，以至于让空间无限弯曲，朝自己收拢了，到最后，就成了一个无法逃脱的深渊，跟宇宙其他部分永远隔绝。

它被称作史瓦西奇点。

一开始，就连史瓦西本人都排除了这个结果，视其为数学上的反常。毕竟物理学中充满了各种无限，但都仅仅是纸上的数字，是抽象的，不代表现实世界的任何客体，或只是标志着计算中的一个错误。他算出的奇点无疑就属于这种情况：一个错误，一个怪东西，一个形而上的谵妄。

因为不然的话，那种情形将不堪设想：在他的理想化的恒星周围一定距离的地方，爱因斯坦的数学疯了：时间停止了，空间像蛇一样盘着。而在垂死的恒星中心，其全部质量都集中到了密度无限大的一点上。对史瓦西来说，宇宙中竟然存在这样的东西，这是无法想象的。它不仅违背了常识，质疑了广义相对论的有效性，还威胁到了物理学的根基：在奇点上，连空间和时间这两个概念本身都失去了意义。卡尔想为他发现的这个谜团找到一个逻辑的出口，也许错误的根源就在于他自己的小聪明。因为没有哪颗恒星会是个完美的球形，完全不动，还不带任何电荷：这种反常现象都是萌生于他强加给世界的、不可能在现实中复制的理想化条件。所以，他的奇点，他告诉自己，虽然可怕，却只是个想象中的怪物。

然而，他又无法将它抛诸脑后。哪怕浸没在混乱的战争之中，奇点仍像一摊秽物，在他脑海中蔓延着，叠加在条条战壕织成的地狱之上；它出现在了战友们的弹伤里，倒在泥泞中的死马眼里，防毒面具玻璃的反射中。他的想象已经被他发现的那个东西给紧紧拽住了：他惊惶地意识到，但凡他的奇点存在，就会一直持续到宇宙的尽头。那些理想化条件把它变成了一个永恒之物，不增大也不缩小，而是永远保持原状。与其他所有事物都不一样的是，它不会随着时间而改变，且是双重不可逃脱的：在他创造的怪异的空间几何学中，奇点将同时位于时间的两端，不管你逃往的是最远的过去或未来，它永远都会在那里。在他给妻子的最后一封信中——是从俄国寄出的，就在同一天，他跟爱因斯坦分享了他的发现——卡尔抱怨说，好像有种奇怪的东西在他的身体里生长："我也不知道它叫什么，怎么去定义，可它有种遏制不住的力量，把我所有的想法都变成了漆黑的。这是一种没有形状也没有维度的虚空，一个看不见的暗影，我却切身感受到了它。"

不久之后，那种不适感就侵占了他的身体。

他的病始于嘴角的两个水泡。一个月后，它们覆盖了他的手、脚、喉咙、嘴唇、脖颈和生殖器。又过了一个月，他死了。

军医对他的诊断是天疱疮：身体认不出自己的细胞了，开始猛攻它们。阿什肯纳兹的犹太人对这种病尤其易感，而负责治疗他的医生说，这或许是他几个月前暴露在了一次毒气攻击之下所致。卡尔在日记里提到过这个："月亮飞快划过天空，就好像时间加速了。我的士兵都预备好了武器，正等待攻击的号令，可这怪异的天象对他们来说就像一个不祥之兆，我都能看到他们脸上的恐慌。"卡尔尝试跟他们解释，月亮并没有改变它的性质，这只是一种视错觉，有一层稀薄的云飘过了这颗卫星表面，让它显得更大更快了而已。可是，尽管他讲得如此温柔，像在跟自己的孩子说话一样，也仍然没有能够说服他们。就连他自己也摆脱不了那个想法：自从战争开始，一切都变快了，像从山上滑下来一样。而天一放晴，他就看到两名骑兵正朝此地疾驰过来，身后是一团像海浪一样扑向他们的浓雾。那雾气高如崖壁，弥盖了整个地平线，从远处看，似乎一动不动，但很快就把其中一匹马的蹄子卷了进去，一人一马顷刻倒地。警报响彻了战壕。卡尔不得不帮着两名年轻士兵系上面罩的胶皮带，两人都被吓瘫了，而他刚系好自己的，毒气的雾云就降临在了他们的头顶。

战争开始时，史瓦西超过四十岁了，是德国最富盛名的天文台的台长；这两项中的任何一项都可以免除他的兵役，但卡尔是个有荣誉感的人，他热爱他的国家，而且，就跟德国千千万万的犹太人一样，他也急于证明自己爱国，于是他自愿入伍了，对朋友的规劝和妻子的警告充耳不闻。

在尚未认识到战斗的现实、亲身体验到现代战争的恐怖时，史瓦西仅仅觉得，战友情让他重新焕发了活力。营队首次分组演练时，也没人叫他，他就自己开发出了一套让坦克的瞄准装置更加完善的机制。他利用空闲时间把它给做好了，跟当年他组装自己的第一台望远镜时一样，满怀着热情，就仿佛那几个月的训练，那些操练和演习，又帮他拾回了童年时代那颗按捺不住的好奇心。

他从小对光痴迷。七岁时，他就把他爸的眼镜卸了，把镜片塞到了一张卷起来的报纸里，给他弟弟看土星环。他整晚整晚地不睡，哪怕天上完全是阴的。他爸见他一直盯着漆黑的天空，就很担心，问他在找什么。而卡尔回答道：有颗星，就藏在云的后边，只有他看得见。

从他会说话时开始，讲的就都是星星，他是这个由商人和艺术家组成的大家庭里的第一位科学家。十六岁时，他就在著名期刊《天文学通报》上发表了一篇关于双星系统轨道的研究。不到二十岁，他就写了篇恒星演变的文章，从作为气体云的形成，到最后灾难性的爆炸，他还专门发明了一个系统，来衡量它们光的强度。

他深信数学、物理和天文都属于同一种知识，应该被当作一个整体。他还相信，德国有能力成为一个可以和古希腊比肩的文明强国，但为此必须把它的科学提升到哲学和艺术的高度，因为，"只有像圣人、疯子或神秘主义者那样，拥有一个整体的视野，才能破译宇宙组织的形式"。

打小他的眼睛就离得很近，大耳朵、纽扣鼻、薄嘴唇、尖下巴。成年后，他长了一张宽阔的额头，而稀疏的头发则预示着他未能来得及发展的秃顶，他的眼神中满是智慧，而狡黠的微笑则躲藏在如尼采一般浓密的帝国式的胡子后面。

他的小学是在一所犹太学校里念的，他把拉比的耐心都耗尽了，朝他们抛出了一些没人知道答案的问题：《约伯记》里的这节是什么意思呢，说耶和华"把北极铺在空中，将大地悬在虚空"？而在他练习簿的边缘，紧挨着那些令同学们无比沮丧的算术题，他计算着旋转流体的平衡，拼命想证明土星环是稳定的，他一次又一次地看到它塌了，这是他一再遇见的梦魇。为了减轻他的痴迷，他爸逼他去学了钢琴。等到第二节课上完，卡尔就把钢琴的盖子给掀开了，把琴弦都卸了下来，想摸清它发声的逻辑；他读过《世界的和谐》，约翰尼斯·开普勒相信，每颗行星在环绕太阳时，都在演奏着一个旋律，那是星球的音乐，我们的耳朵是听不到的，但人脑可以破译它。

他从未失去对事物感到惊奇的能力：当他还是个大学生的时候，他就在少女峰顶观察过一次日全食。虽说他对这个现象之所以会产生，其背后的天体运行机制了如指掌，可他仍然花了很大力气才得以接受，像月亮这么小的一个星体竟能让整个欧洲陷入深深的黑暗。"空间是多么奇异啊，光学和透视的法则又是多么光怪陆离，最小的小孩只要一伸手，就能遮住太阳。"在寄给他弟弟，在汉堡当画师的阿尔弗雷德的一封信里，他曾这样写道。

为他赢得博士学位的那篇论文计算了卫星在它所环绕的行星的引力拉扯下会产生怎样的变形。在我们的月亮上，地球的质量会引发席卷其整个表面的潮汐，就类似于它在我们的海洋中引发的那种。只是说，月球上的潮汐是固态的，四米高的岩浪在月壳上蔓延着。而两个星体之间的引力让它们的旋转周期完美同步。由于月球自转和它绕地球公转所用的时间完全相同，它的其中一面总在我们的视野之外。自从人类诞生，我们就从未触及过那个暗面，直到一九五九年，苏联"月球3号"探测器才首次拍下了它的真容。

他在库夫纳天文台实习的那段日子里，猎户座肩部上方，御夫座的一个双星系统变成了新星。一连好几天，它都是天空中最亮的物体。这个双星系统里的那颗白矮星从很久以前就耗尽了燃料，一直休眠到了这会儿，可它突然就开始吸收起了它的伴星，那颗红巨星上的气体，继而在一次大爆炸中复生了。史瓦西观察了它三天三夜，一秒钟都没睡；了解星星灾难性的死亡，在他看来，关乎我们人类未来的生存：如果某颗星在我们的地球附近爆炸了，是可以摧毁我们的大气，灭绝所有生命的形式的。

二十八岁生日的第二天，他成了全德国最年轻的大学教授，被任命为哥廷根大学天文台的台长，尽管他并没有履行任职的先决条件，皈依为基督徒。

一九〇五年，他到阿尔及利亚去看一次日全食，但他没有注意最大的曝光时间，弄伤了左眼的角膜。当取掉强迫他敷了几周的膏药时，他发现视野里有个两马克硬币大小的阴影，闭着眼都能看见。医生告诉他，这种损伤是不可逆的，而他的朋友们都很担心，万一他以后瞎了,会对他的天文学家生涯造成怎样的冲击。面对这些,他半开玩笑半当真地说,他牺牲了一个眼睛,为的是看得更远,就跟奥丁一样。

那年,史瓦西就跟中邪了似的,发表的论文一篇接着一篇,仿佛要证明那场事故丝毫没有减弱他的能力。他分析了恒星中靠辐射实现的能量传输,研究了太阳大气的平衡,描述了星体速度的分布,提出了一个可以模拟辐射转移的机制。他的思维从这个问题跳跃到那个问题,连他自己都压不住那股劲儿。亚瑟·爱丁顿把他比作了游击队队长,因为"他的攻击都落在了最想象不到的地方,他智性的贪婪是没有边界的,所有的知识领域都被他涵盖在内了"。而同事们目睹了他在面对学术产出时的那种狂热,都很惊慌,劝他放慢节奏,生怕激励他的那把烈火最终也会将他燃烧殆尽。卡尔没理他们。他已经不满足于物理了。他渴望的是炼金术士所追求的那种知识,而催动他的,是连他自己也没法解释的一种怪异的紧迫感:"我常背叛天空,我的兴趣从未局限于月球之外、太空中的那些事物,而是顺着从那儿织起的那一条条线,滑向了人类灵魂更黑暗的区域,我们必须为那里送去科学的新光。"

他无论做什么,总有做过头的习惯;有次,他弟弟阿尔弗雷德叫他去阿尔卑斯山远足,他叫向导在穿越冰山途中最陡的一块地方松开了绳索,置探险队的安危于不顾,而他只是想要挪到正停在悬崖边上的两个同事那儿，解开一个他们一起研究过的方程，没有笔，就用镐头在永冰上刮刮划划。他的极端不负责任惹火了他弟弟，后者再没有跟他爬过山，尽管在念大学的时候，他俩几乎每个周末都是在黑森林的岩壁上一起度过的。这位兄长有多么执着，阿尔弗雷德是知道的：毕业那年，一场雪暴把他们锁在了哈茨山脉布罗肯山的山顶。为了不被冻死，他们不得不自己搭了个避难所，像小时候那样，抱在一起睡觉。他们靠分一袋核桃活了下来，然而，当最后水喝完了，融冰用的火柴也没了，他们只得靠着微弱的星光，半夜出发下山。一路上，阿尔弗雷德完全是在惊吓中度过的，这儿磕一下那儿绊一脚，虽说没有受伤。而卡尔则一脚都没有踏空，就好像不知怎的，他能在黑暗中看到那条道路。可他的右手神经却伤了，是冻的：在避难所里，他一次又一次地摘下手套，仅仅是为了对一系列的椭圆曲线进行验算。

做实验时，他也是一样的冲动：他习惯把这个仪器的部件拆下来，也不记一笔，就用到另一个上面。比如他急需一个光阑，那他的做法很简单：在镜头盖上钻个孔。当他离开哥廷根，去波茨坦天文台主持工作时，他的继任者差点没上任就辞职了：他做了一次大盘点，想看看在史瓦西的领导下，设备都被毁成什么样了，结果一盘点，在最大的那架望远镜的焦平面上发现了一张米洛斯的维纳斯的幻灯片，而补齐这位女神双臂的，是仙后座。

他在女人面前极其笨拙，虽有众多女生追求他，称他为"亮眼教授"，他也只是在跟他未来的妻子——埃尔丝·罗森巴赫——第二次求婚时，才放胆吻了她。埃尔丝之所以拒绝了他的第一次求婚，是在担心他仅仅对她的智力感兴趣，因为卡尔太害羞了，在他漫长的求爱过程中，他只碰过她一次，连那次都是误打误撞才完成的：他在帮她把家用小望远镜对焦到北极星上时，一不小心，手放她胸口了。他们是一九〇九年结的婚，生了一个女儿，阿加特，以及两个儿子，马丁和阿尔弗雷德。女孩后来学了古典文学，成了希腊语专家，而大儿子做了普林斯顿的天体物理学教授，而那个小儿子，他生来就怪异地患上了心律不齐的毛病，瞳孔一直都是放大的，多次精神崩溃，人们开始屠杀犹太人后，他得知自己再无可能逃出德国，便自杀了。

和许多敏感的人一样，随着"一战"的临近，史瓦西也被一种灾难将至之感所侵袭。而在他的身上，这种感觉体现为了一种很特别的恐惧：物理真的可以解释恒星的运动，从而找到宇宙的秩序吗？"难道真有一个静止的东西，宇宙其他的部分都是围着它而建的？还是说，这条无穷无尽、似把一切都困在其中的运动链，就根本没有可以抓住的一环？就想想吧，我们已经陷入了一个多么不安全的境地，连人类的想象力都找不到一处可以下锚的地方了，世界上的任何一块石头都没有权利被想成是不动的！"史瓦西梦想着又一位哥白尼的出现，他将为错综的天体机制建立起模型，把恒星在穿越苍穹时画出的复杂轨道所遵循的模式给揭示出来。否则对他而言，情况将是难以忍受的：世间所有的不过是委身于随机中的死星，"就好比气体分子，飞来飞去，完全是不规则的，以至于它本身的混乱都被奉为了一种原则"。在波茨坦，他创建起了一个巨大的合作者网络，致力于追踪和记录超过两百万颗恒星的运动，还要尽可能地精确。他要的不仅仅是了解它们背后的逻辑，而是要以某种方式解读出它们将把我们引向何处。因为，用牛顿定律，我们是可以准确地知道受引力约束的两个物体的运动的，可是加上第三个，情况就会变得不可预见了。基于这点，史瓦西认为，从长远来看，我们的行星系是高度不稳定的。尽管它的秩序可以在一百万年甚至几十亿年里得到保证，可随着时间的推移，行星总会脱离它们的轨道，气态巨行星将吞噬掉它们的邻居，而地球将被逐出太阳系，像一颗流浪的星那样游荡着，直到时间的尽头，除非空间不是平的。史瓦西先于爱因斯坦考虑到了那种假设，宇宙的几何形状不是一个简单的三维匣子，而是可以扭曲和变形的。在《论空间所容许的曲率》中，他分析了我们实际是居住在一个半球形宇宙中的可能性，这样，一个怪异的世界就诞生了，它是围成一圈的，就跟衔尾蛇一样："那我们就身处于一个如仙境般的几何学之中，一条镜子长廊，那可怖的景象，不是文明人的头脑——习惯性厌恶与回避所有不理解的东西——所能承受的。"一九一〇年，他发现星星是有不同颜色的，同时成了第一个测量它们的人，用的是他特制的一台相机，其中天文台的门房也帮了他不少忙，这是除他之外在那儿工作的唯一的犹太人，两人常常喝到大天亮。他用门房的扫帚架住相机，一边绕着圈踱步，一边从各个角度拍照，以确认红巨星的存在，这些怪物般的星星要比我们的太阳还要大上几百倍。他最爱的那颗，心宿二，是红宝石色的。希腊人视其为阿瑞斯唯一的对手，而阿拉伯人叫它"蝎子心"。四月，他又组织了一次特内里费考察，主要是去拍归来的哈雷彗星，这往往被认为是个凶兆。公元六十六年时，历史学家弗拉维奥·约瑟夫斯就把它描述为"像剑一样的星星"，预告了耶路撒冷毁于罗马人之手；而一二二二年，它在空中出现时，成吉思汗就像受到感召一样，侵入了欧洲。史瓦西尤其好奇的是，它巨大的尾巴——那一次，它在地球上滞留了六个钟头——为什么总是朝着远离太阳的方向？"是什么风携堕落天使之怒在拉拽着它，叫它坠落坠落再坠落？"

四年后，战争爆发时，史瓦西是第一批自愿参军的。

他被分配到的那个营队受命围困比利时的那慕尔，以支撑德军轰炸，他们试图打破这座千年古城周围的堡垒圈。史瓦西曾在气象站受训，便被派上了进攻的第一线；当时，德军的行进被一场毫无征兆的大雾给阻断了，弥天浓雾把正午变成了夜晚，将对阵双方都笼罩在了黑暗里，谁都不敢射击，怕错伤友军。"这个国家的天气是怎么一回事，这么乱，这么怪，它就是这么抵抗我们的控制和认知的吗？"他在给妻子的信中写道，那时的他已经连续工作一周了，试图找到一个抵消雾气影响的方法，至少也要能预测它的出现。他失败了。于是，他的上级选择撤回到一个安全的距离，实施一场无差别的大轰炸，持续开火，不惜弹药，无视平民的伤亡，一发发420毫米口径的榴弹从被称为"大贝尔塔"的巨炮中相继轰了出来，将这座从罗马帝国时期便屹立在此的古城炸成了废墟。

在此之后，史瓦西就被调到了驻扎在法国前线阿贵纳森林的第五军炮兵团。报到时，指挥官给他下了个命令，计算两万五千门装填了芥子气的榴弹炮的弹道，它们将在半夜里倾泻在法军的头顶。"他们叫我帮忙预测大风和暴雨，而助长它们的火势正是我们自己造成的。他们想知道，要用什么样的理想弹道，我们的炮弹才能准确地落到敌军的头上，却不见，那条椭圆线已在拽着我们所有人不断下行。我听厌了其他那些当官的说辞，说我们离胜利越来越近了，战争结束已经指日可待了。他们都没发现吗，我们升得越高，只会摔得越惨？"

即使是在战争的屠场中，他也没有放弃研究，他把笔记本藏在了军装之下，紧贴着胸口。后来他被升为了中尉，就用特权，请人把德国最新出版的物理学期刊都寄给他。一九一五年十一月，他读到了刊登在第四十九期《物理年鉴》上的广义相对论方程，便开始求解了——正是一个月后他寄给爱因斯坦的那些。打那时候起，他变了，甚至影响到了他做笔记的方式。他的字越来越小，最后都看不清了。在他的日记和寄给妻子的信中，爱国热诚让位给了对无意义的战争的苦涩的抱怨，随着他对同僚们的鄙视与日俱增，他的计算也越来越逼近奇点。最终抵达那里时，他已经想不了别的了：他彻底沉浸其中，对周围的一切心不在焉，以至于有次敌人都打过来了，他也没找掩体，一发迫击炮就在他头顶几米远的地方炸了，谁都不知道他是怎么活下来的。

冬季开始之前，他被分配到了东部前线。路上遇到的士兵跟他讲起了可怕的对平民的屠杀、强奸，以及大规模的驱逐。一夜之间被夷平的村庄，从地图上消失的毫无战略价值的城市，仿佛它们从未存在过。不讲军事逻辑的暴行仍在不断发生着，往往都没法知道是哪一方的责任。而当史瓦西看到，他的一群手下正用远处一条吓得动都动不了、不停颤抖着的饿狗练习打靶时，他心中有什么东西崩塌了。他画的那些战友的日常，那些美景——随着部队的行进，它们变得越来越冷、越来越阴郁——都消失了，取而代之的是整页整页炭笔的粗线和消失在纸页边缘的漆黑的螺旋。到了十一月底，他的营队在白俄罗斯的科萨瓦郊外被编入了第十军，而卡尔被任命为了一个炮兵旅的头儿。在那里，他给他波茨坦大学的同事，埃希纳·赫茨普龙去了封信，附上了他奇点的初稿，描述了一下他皮肤上冒出的水泡，就战争可能对德国之魂产生怎样有害的影响展开了一段漫长的思考。他仍然深爱着这个国家，却眼睁睁看它停在深渊的边缘："我们已经来到了文明的最高点，那接着呢，就只能往下落了。"

天疱疮、急性坏死溃疡性龈炎。他食道中的水泡不允许他吞咽任何固体。连喝水的时候，他的口腔和喉咙都会像火红的炭一样烧灼。卡尔被宣告无法医治，从军队中除名，可他还在研究广义相对论方程，压制不住自己思维的速率。随着疾病吞噬着他的身体，他的脑子也转得越来越快。他一生发表了一百十二篇文章，几乎比二十世纪的任何一位科学家都要多。而最后那几篇，他是把纸铺在了地上，胳膊挂在病床边写的，脸朝下趴着，背上满是水泡迸裂留下的溃疡和痂，就仿佛他的身体已经化作了当下欧洲的微缩模型。为了分散注意力，忘了疼，他做了个目录，里面就包括了恶疮的形态和分布、水泡中液体的表面张力和它们平均破裂的速度。可哪怕是这样，他也没法将思想从他的方程所开辟的真空中解救出来。

为了避免奇点的出现，他将算式写满了三大本本子，试图找到一条出路，或是他推理中的一个错误。而在最后一本本子上，他写下了他的结论：任何物体都可以生成奇点，只要它的物质被压缩到一个足够小的空间里。如果是太阳，三千米就够了，地球是八毫米，而普通人体则要达到0.000000000000000000000001厘米。

在他测算出的那个孔洞里，宇宙基本参数交换着它们的性质：空间像时间一样流动，时间像空间一样延展。这种扭曲将因果律都改变了，卡尔推测，如果哪个假想的旅行者可以进入到这个稀薄区并且活下来的话，就能接收到未来的光与信息，见到还未发生过的事件。而他如果抵达了深渊中心，又没有被重力撕碎，就能见到两个重叠的景象同时投射在他头顶的一个小圈里，就跟万花筒一样：其中之一是以让人难以想象的速度激变着的宇宙的未来，而另一个，则是被冰结在某一瞬间的过去。

然而，怪事还不局限于那块区域的内部，奇点周围是有个界限的，一道屏障，把不归点给标记了出来。一旦越过那条线，无论你是什么（一整颗行星也好，一个亚原子微粒也好），都会被永远擒住，从宇宙中消失，仿佛掉进了个无底洞。

几十年后，这道边界被命名为史瓦西半径。

他死后，爱因斯坦为他撰写了悼词，并在葬礼上宣读。"其他人唯恐避之不及的问题，他与之战斗。他热衷于发现自然界各个方面的联系，可他之所以寻找，驱动他的是享受，是艺术家式的快乐，是辨认出织成未来之路的线索的幻想家式的眩晕感。"对聚在墓前的那一小群人，他是这么说的，尽管他们谁都猜不到，史瓦西被他最大的发现折磨到了怎样的程度，因为，连爱因斯坦都不明白，究竟发生了什么，他的方程才会变得如此奇怪，似乎"无限"才是它唯一的答案。

青年数学家理查·柯朗是最后一个得以和史瓦西直接交谈的人，而说到奇点对这位天体物理学家造成了怎样的影响，也只有他可以作证。

柯朗是在拉瓦-罗斯卡负的伤，从而在军队医院里与史瓦西相遇。这个年轻人曾是当年最有影响力的德国数学家之一，大卫·希尔伯特的助手，因此一眼认出了卡尔，虽然后者的脸已经被伤口弄得变形了。他快生生地走了上去，不懂为什么这样一位有名望、有地位的知识分子会被派到这样一个危险的地方。柯朗在他的日记里描述了，史瓦西中尉一听他讲起希尔伯特的研究时，那双被硝烟遮蔽的眼睛是如何瞬间点亮的。他俩交谈了整晚。临近天亮时，史瓦西告诉他，自己可能发现了一种断裂点。

据卡尔说，这种级别的质量的集聚，最可怕的还不是它扰乱了空间，或对时间造成怪异的影响：真正可怕的是——他说——奇点也是个盲点，从根本上是不可知的。由于光也没法从那里逃脱，我们永远没法用肉眼看到它。用大脑去理解它也是不可能的，因为广义相对论的数学在奇点上失效了，物理学没有意义了，就这么简单。

柯朗听得入了神。就在护士们过来找他，把他送上回柏林的列车的前不久，史瓦西问了他几个问题，它们困扰了他一生，虽然当时的柯朗觉得，那只是一种谵妄，是一位垂死士兵的呓语，是趁他疲倦绝望之际从他脑中冒出来的疯话。

如果说这样一种怪物也是物质可能所处的状态的话，史瓦西颤抖着问道，那在人类大脑中有没有相应的东西呢？意志的充分集中，数百万人受制于同一个目的，思想被压紧在同一个精神空间里，会不会生成一个类似于奇点的东西？他不仅相信这是可能的，而且正在他的祖国发生着。柯朗试图安抚他，说，他担心的那种悲剧，自己没有看到任何的迹象，而且不可能有比他们置身其中的那场战争更糟糕的了。他还提醒史瓦西说，相比任何数学谜题，人类的心灵是个更大的谜，把物理学思想投射到这么远的心理学领域，是不明智的。但史瓦西却无法自拔。他喋喋不休着，一个足以吞掉整个世界的黑色太阳正从地平线上探出头来，同时哀叹，我们已经无能为力。因为他的奇点是不会发出警告的。那个过去就回不来了、只能束手就擒的不归点，没有任何的标志。越过它的人就没有希望了，他的命运已经被不可逆转地划定了，所有可能的轨迹都直直地指向了奇点。那这样一道界限，史瓦西问道，两眼充血，我们怎么知道自己有没有越过呢？

柯朗返回了德国。当天下午，史瓦西死了。

* * *

一直要到二十多年后，学界才承认，史瓦西的观点是相对论的一个必然的结果。

为驱散卡尔唤来的那个魔鬼付出最多努力的正是他的朋友，阿尔伯特·爱因斯坦。一九三九年，他发表了一篇文章，名为《论多引力质量的球对称静止系统》，解释了为什么不可能存在史瓦西的奇点。"奇点不会出现，原因很简单，物质是不可以被随意聚拢的，否则的话，组成它的微粒就要达到光速了。"凭借着他一贯的聪明才智，爱因斯坦用他理论内在的逻辑给时空裂隙打上了补丁，把宇宙从灾难性的引力坍缩中解救了出来。

然而，二十世纪最伟大的物理学家算错了。

一九三九年九月一日——就在同一天，纳粹坦克轧过了波兰国境线——罗伯特·奥本海默和哈特兰·史奈德在第五十六期的《物理评论》上发表了一篇文章。其中，这两位美国物理学家证明，毫无疑问，"只要热核能源枯竭了，一颗足够重的恒星就总是会坍缩的，除非它以衰变、辐射或抛出质量的形式削减自身质量，否则，这种收缩就将无限期地持续下去"，从而形成史瓦西所预言的黑洞，它可以把空间像纸一样揉皱了，像熄灭烛火一样熄灭时间，任何物理力或自然法则都不能让它们幸免。

心之心

二〇一二年八月三十一日凌晨，日本数学家望月新一在他的博客上发表了四篇文章，共五百多页，试图证明的是数论中最重要的猜想之一，人称 abc 猜想。

时至今日，没有人能够理解它。

当时，望月已在与世隔绝的情况下工作了许多年，发展出了一套与前人没有一点相似之处的数学理论。

在把它上传到博客之后，他没有进行任何宣传，没有寄给专业期刊，也没有在大会上宣讲。作为最早了解到它存在的人之一，他在京都大学数理解析研究所的同事玉川安骑男，把它作为附件，发给了诺丁汉大学的数论学家伊万·费先科。而那封邮件的正文只有一个问题：

望月解开 abc 了吗？

把四个沉甸甸的文件下载到电脑上时，费先科几乎抑制不住他的焦急。在盯着进度条看了整整十分钟后，他又花了两周的时间关起门来研究那份证明，吃的都是外卖，只有撑不住了才小睡一会儿。最后，他给玉川写了四个字的回复：

不能理解。

二〇一三年十二月，望月发表文章一年之后，全世界最杰出的一批数学家齐聚牛津，研究他的证明。研讨会的头几天里，大家热情高涨，日本人的推理开始变得可以理解了，以至于到了第三天晚上，一种传言已在互联网上、论坛和专业社区流传开来，说巨大突破已经很近了。

第四天，情况急转直下。

从某一个点开始，没有人能跟上日本人的论证了。这颗星球上最强的数学大脑都陷入了困惑，没有人能够帮助他们。望月也拒绝参加这次会议。

为证明猜想，望月创造了一个新的数学分支，它怪异、抽象、且十分超前，以至于威斯康星大学麦迪逊分校的一位数论学家说道，他研究它时，就感觉在读一份来自未来的论文："所有过来的这些人都很理智，可一旦开始分析它，就都说不出话来了。"

少数能够勉强跟上望月的新体系、至少理解了其中一部分的人,都说它是数字背后的一种潜在的关系,乍一眼是看不见的。"谁要想读懂我的论文,就必须停用植根在他脑子里多年、认为是理所当然的思维范式。"望月在博客中写道。

他出生在东京,从小就以被同龄人形容为"超人的"专注力而闻名。打小,他就常常失语,到了青春期,这种情况愈演愈烈,以至于听到他说话都会觉得很稀罕。他还无法抵挡别人的目光,走路眼睛都是看着地面的,这也让他微微有些驼背,但即便如此,也没有削弱他不可否认的外形上的魅力:高高的额头、黑亮的头发和硕大的眼镜让他像极了克拉克·肯特,超人的另一个身份。

年仅十六岁时,他进了普林斯顿大学,二十三岁就拿到了博士学位。在哈佛大学度过了两年之后,他搬回日本,接受了京都大学数理解析研究所的教职,条件是允许他专门从事研究,而不需要授课。到了二十一世纪初,他就不再参加国际会议。而在接下来的几年里,他的活动半径越来越小。最初是仅在日本境内活动,随后连京都府都不出了,最后只剩下两点一线:他的公寓和他在大学里的那间小办公室。

他的办公室像庙里一样整洁,从窗户看出去,可以望见大文字山。一年一度的盂兰盆节期间,在它的山坡上,僧人们会燃起一个巨大的"大"字形篝火，它的轮廓就好像一个人，把双臂伸展到了最大。这个汉字有巨大、高大和雄伟的意思，表达着一种宏大的气势，就像望月给他的数学新分支所取的名字，不带一丝谦虚或讽刺——宇宙际泰希米勒理论。

abc猜想触及的是数学的根基，它在数的加法和乘法的性质之间假设了一个深层的、意想不到的关系。如果被证实的话，它会成为一个强有力的工具，几乎自动地就可以解决各式各样的谜题。可望月的野心甚至比这还大，他不仅仅是在证明猜想，还创造了一种新的几何学，逼人用一种截然不同的方式去思考数字。山下雄一郎是少数几个自称理解了宇宙际理论真正外延的人，他说，望月已经创造出了一个完整的宇宙，只是就现在而言，他是其中唯一的住民。

望月拒绝接受采访，不愿亲自介绍他的研究成果，不肯用除日语之外的语言谈论他的证明，诸如此类的行为为他引来了最初的怀疑。有人说，所有这一切都是一个精心策划的骗局，又有人说，他有心理失衡，他越来越重的社交恐惧和工作时的孤立就是最好的证明。

二〇一四年时，情况似乎有所缓解，望月说他当年十一月会去法国，在蒙彼利埃大学的一个研讨会上介绍他的论文。座位立刻就被订满了，校长还像接待王室一样接待了他，可他没能在研讨会上发言。他消失了整一周，没人知道他去哪儿了。而在他的讲座开始前一天，保安因一场莫名其妙的意外把他赶出了校园。

回到日本之后，望月把证明从他的博客上撤了下来，威胁对任何试图正式发表它的人采取法律手段。他受到了来自他最尖锐的批评者的大波攻击，他的同事们也觉得，他是不是在他的证明中发现了一个根本性的缺陷。望月否认了这种说法，但也没有做出任何解释。他把京都大学的工作给辞了，而在关闭博客前，他写下了最后一篇文章，称，哪怕是在数学中，有些东西也该永远被隐藏起来，"为了我们所有人的利益"。他这种无法理解的、显然是任性而为的做法证实了许多人的担心：望月也落入了格罗滕迪克的诅咒。

亚历山大·格罗滕迪克是二十世纪最重要的数学家之一。在数学史上可谓独一无二的一波爆发性的创造中，他革新了对空间和几何学的理解，且不是一次，而是两次。望月在国际上的声誉始于一九九六年，证明的正是格罗滕迪克提出的一个猜想。在大学时代就结识望月的人都说，他把格罗滕迪克视为自己的导师。

格罗滕迪克曾率领一个团队，产出了令人生畏的几万页巨著，这也成了全世界数学家必读的书目。大部分学生为了在各自的领域继续研究下去，会学习其中必要的部分，可哪怕是这样也要花上许多年。而望月是在本科阶段读的格罗滕迪克全集的第一卷，结果一开始就停不下来，一口气读到了最后。

望月在普林斯顿的室友叫作金明迥，曾经撞见他连续几天不吃不睡，夜半三更说胡话，又是脱水，又是脱力，就在那儿语无伦次地叨叨着一些破碎的句子，瞳孔放得跟猫头鹰一样大。他提到了"心之心"，格罗滕迪克在数学核心发现的一个极端怪异的、彻底让他失智的存在。可到了第二天早上，金明迥问他怎么一回事，望月只是不解地看着他。前一晚的事，他什么都记不得了。

* * *

一九五八年到一九七三年间，亚历山大·格罗滕迪克像一位尊贵的王子，统治着数学界。同时代最强的大脑都被吸引到了他的轨道上，纷纷搁置了自己的研究，参与到这个雄心勃勃而又无比激进的项目当中：把所有数学对象背后所潜藏的结构给揭示出来。

他对待工作的方式很特别，尽管他解开了当时最大的数学之谜，四个韦伊猜想中的三个，可对著名的问题，他其实是兴趣不大的，对最终结果也是。他所渴望的是对数学基础的最彻底的理解。所以，围绕那些最简单的问题，他设计了一个复杂的理论框架，用大堆大堆的新概念把它们包围了起来。有格罗滕迪克的理性徐缓而耐心地施加着压力，解就像自己冒出来的一样，完全出于自愿，"就好像一颗核桃，泡在水里几个月之后，它就自行打开了"。

格罗滕迪克所做的是推广和一般化，拉远到极致。任何难题，只要撤到一个足够远的距离，就会变得十分简单了。他对数字、曲线、直线或任何具体的数学对象都不感兴趣，唯一重要的是它们的关系。"他对事物的和谐有种超凡的敏感性，"他的弟子之一，吕克·伊吕西回忆道，"他不止是引入了新的技巧，证明了重要的定理，还改变了我们思考数学的方式。"

他痴迷空间，他最独到之处就是把"点"的概念给扩展了。在格罗滕迪克的注视下，卑微的点不再是没有面积的一个位置，而是从内部膨出了复杂的结构。别人眼里没有长宽高、没有大小的一个地方，亚历山大看到的是一整个宇宙。自欧几里得以降就再没有人提出过这么大胆的设想。

多年来，他把全部精力都扑在了数学上，一天十二小时，一周七天。他不看报纸，不看电视，连电影院也没有去过。他喜欢丑陋的女人、朽坏的公寓、破败的房间。他常把自己关在一个冰冷的办公室里，背朝着唯一的窗户，墙漆都剥落了，整个屋里只有四样东西：他母亲的死亡面具、一只铁丝做的山羊、一箱西班牙橄榄，和他爸爸在勒韦尔内集中营时人家给他画的像。

亚历山大·夏皮罗、亚历山大·塔纳罗夫、萨沙、彼得、塞尔盖。没人知道他爸爸真正的名字，因为世纪初的时候，他参加了震动欧洲的无政府主义运动，用过许许多多的假名。身为一个有哈西德派背景的乌克兰人，他十五岁时就和他的同志们一起被沙俄警察逮捕过，并被判处了死刑。他是唯一活下来的那一个。三个星期里，他被从牢房里拖到刑场上，眼看他的同伴一个接一个地被枪决。由于年龄，他们免除了他的死刑，改判他终身监禁。十年后，一九一七俄国革命开始了，他就被放了出来，继而一头扎进了一系列的阴谋、密谋与革命党。他失去了左胳膊，虽说也不知道是因为某次失败的暗杀，或是自杀未遂，或是某颗在手上提前爆炸了的炸弹。他以街头摄影为生。在柏林，他认识了亚历山大的母亲，就跟她一起搬去了巴黎。一九三九年时，他被维希政府逮捕，送进了勒韦尔内集中营。到了一九四二年，他被流放到了德国，并在奥斯维辛的一间毒气室里，死在齐克隆B手里。

亚历山大的姓是从他妈妈约翰娜·格罗滕迪克那里继承过来的。她一辈子都在写作，却从未能出版她的诗和小说。认识亚历山大的父亲的时候，她已婚，在一家左翼报社做记者。她抛弃了她的丈夫，与这位新恋人一起加入了革命斗争。亚历山大五岁时，他母亲把他交给了一位新教牧师，去了西班牙，去为第二共和国的无政府主义事业战斗，然后是反对佛朗哥。而在共和政府军失败之后，她随丈夫逃往了法国，又托人去接她的儿子。后来，约翰娜和亚历山大被法国政府宣布为"不受欢迎的人"，并与国际纵队的"可疑外国人"和西班牙的内战难民们一起被送到了芒德附近的里厄克罗集中营。约翰娜就是在那儿染上的肺结核。战争结束时，亚历山大十七岁，和他母亲一起生活在极度贫困之中，靠在蒙彼利埃郊外采摘葡萄度日，同时接受了高等教育。这对母子间的关系既密切又病态。到了一九五七年，约翰娜的结核病复发，死了。

当格罗滕迪克还是蒙彼利埃大学的一名本科生时，他的老师洛朗·施瓦茨给了他一篇他刚发表的文章，里面有十四个尚未解决的问题，想叫他选一个好写论文的。而三个月后，这位在课堂上总显得很无聊也不听讲的年轻人回来了。施瓦茨问他选好了吗，选了哪一个，论文写到什么程度了。亚历山大看着他，非常不解。他全解完了。

虽说他出众的才能引起了所有认识他的人的注意，可在法国，他仍然很难找到工作。他的父母经常搬家，因此他一直没有国籍。这个没有祖国的人，唯一的证件是一本南森护照，这也标志着，他是个无国籍的难民。

他长得很壮实，又高，又瘦，又健康。方正的下巴，宽阔的肩膀，一挺大牛鼻子。他的嘴唇厚厚的，嘴角总往上翘着，显得很狡猾，仿佛知道什么其他人连怀疑都没有怀疑过的秘密。一发现自己开始脱发，他就把头剃光了，照片上的他活像米歇尔·福柯的孪生兄弟。

他是个优秀的拳击手，狂热地爱好巴赫和贝多芬晚期的四重奏。他热爱大自然，崇尚橄榄树的"谦逊与长寿，充满阳光与生命力"。而在包括数学在内的世间万物中，他真正喜欢的还是写，以至于不让他写下来的话，他都没办法思考。他的狂热还体现在，他有好些手稿，笔都穿透了纸张。他会在本子里写下那些方程，然后一遍遍地描它们，描到都看不清了，单纯因为喜欢石墨搔挠纸张的那种生理上的快感。

一九五八年，法国富豪莱昂·莫查纳在巴黎郊外创立了法国高等科学研究所，这对格罗滕迪克的雄心来说无异于量身定做。在那儿，年仅三十岁的亚历山大宣布了一个意在重建几何学根基、统一数学所有分支的项目。整整一代人，无论老师还是学生，都臣服于亚历山大的梦想。他负责大声宣讲，而他们会做好笔记、拓展他的论点、撰写草稿，到了第二天他再来修改。其中最虔诚的一个，让·迪厄多内，每天不等太阳出来就醒了，他会整理好前一天的笔记，因为八点的时候，格罗滕迪克会准时闯进大厅，同时还跟自己辩论着——可能在走廊上就开始了。而这样的研讨最终产出了超过两万页的成果，将集合、数论、拓扑学和复分析都统一到了一起。

只有最雄心勃勃的人才敢追逐"统一数学"的梦想。笛卡尔是最早表明几何图形是可以用方程来描述的那批人之一。写下 $x^2+y^2=1$ 时，你就是在描述一个正圆。这个一般式，它所有的解就代表了平面上的一个圆。但如果你考虑的还不仅仅是实数和笛卡尔平面，而是复数的奇异空间，就会出现一系列不同大小的圆，它们像活物一样移动，随时间生长和演变。而格罗滕迪克的天才，有很大一部分就在于他承认，任何代数方程的背后，都藏有一个更大的意义。他称之为概形。这些一般概形为每一个解赋予了生命，而后者不过是虚幻的投射和阴影，它们一个个地冒了出来，就好像"一到晚上，岩石海岸的轮廓就会被灯塔的旋光所照亮"。

亚历山大可以为一个单一的方程创造一整个数学的宇宙，打个比方，他的拓扑就是足以挑战想象力极限的无尽空间。格罗滕迪克将它比作"一条河，它又宽又深，能让所有国王的所有马匹同时喝饱"。要思考它们，必须换用一种截然不同的空间概念。而在五十年前，阿尔伯特·爱因斯坦的理论也做出了相同的要求。

他喜欢给他发现的概念冠上一些"贴切的字眼"，好驯服它们，让它们在被充分理解前变得平易近人些。譬如他的"平展"，就让人想起低潮期时宁静而温顺的浪，像镜子一样的海，展开到不能再展开的翅膀，和裹着新生儿的床单。

他能够自行控制自己的睡眠，想睡几小时就睡几小时，然后一心扑到工作上。哪天早上有了个想法，他就可以在桌前一动不动，在一盏老式煤油灯下眯着眼睛，一直想到第二天天亮。"跟天才一起工作真的是件很吸引人的事，"他的朋友，伊夫·拉迪格耶利回忆道，"我挺不喜欢这个词的，可说到格罗滕迪克，实在是没有别的词了。很吸引人，但也很吓人，因为他完全不像其他人类。"

他的抽象能力是没有边界的，他会出人意料地跃升到更高的层面，在先前无人敢问津的数量级上做文章。他会层层剥开，从而提出他的问题，不停简化和抽象，直到好像不剩什么了，再然后呢，他就会在这个表面的真空里，发现他在寻找的那个结构。

"我看他讲课，我的第一印象就是，他得是从哪个遥远的星系，哪个外星文明，专门传送到我们地球，来加速我们智力的进化的。"加利福尼亚大学圣克鲁兹分校的一位教授说道。然而，虽说格罗滕迪克是如此激进，可他在抽象练习中发现的那些数学景观却一点都不像是人造的。在数学家的眼里，它们就像自然环境一样，因为，亚历山大没有把他的意志强加于事物之上，而是放任它们生长，于是那些结果就包含着一种有机美，仿佛其中的每一个想法都是靠着它们自己萌发和成长起来的。

一九六六年，他被授予菲尔兹奖——数学界的诺贝尔，但他拒绝去莫斯科领奖，以示对两位作家，尤里·丹尼尔和安德烈·西尼亚夫斯基被囚禁的抗议。

二十多年来，他在数学界占据着绝对的统治地位，以至于同为菲尔兹奖获得者的杰出的勒内·托姆都放弃了纯数学，说格罗滕迪克的优势是压倒性的，他一直都有种"被压迫感"。在挫败与沮丧中，托姆发展出了他的突变论，描述了任何动态系统——无论是一条河、一处构造断层或是人类的心灵——在失去平衡的状态下，会以哪七种方式发生突然的崩溃，从而陷入无序和混乱。

"激励着我的不是野心或对权力的渴望，而是我灵敏地感觉到了某种巨大的、非常真实同时又非常微妙的东西。"格罗滕迪克还在继续把他的抽象推向愈发极端的界限，才刚攻克一个领域，他已在预备着扩张它的疆界。他研究的巅峰便是"动机"的概念：这是一束光，足以照映出一个数学对象的所有可能的化身。"心之心"，他是这样称呼位于数学宇宙中心的这个实体的，而关于它，我们所认识到的不过是它最遥远的闪烁。

连他最亲密的合作者都觉得，他走得太远了。格罗滕迪克想用只手抓住太阳，掘出那个能把无数没有明显关系的理论连结到一起的秘密的根系。有人告诉他，这是不可能做到的，与其说这是科研项目，它更像自大狂式的谵妄。亚历山大没有听。他已经挖得这么深了，他的思想已经触及到了那个深渊。

一九六七年，他去罗马尼亚、阿尔及利亚和越南办了一系列的研讨会。他在越南上课的一所学校后被美军轰炸，死了两个老师、几十个学生。再度回到法国的时候，他已经不是原来那个人了。受周围如火如荼的"六八运动"的影响，在巴黎大学奥赛校区的一堂大师班课上，他呼吁那一百多名学生考虑到人类所面临的威胁，拒绝"卑鄙而危险的数学实践"。最终结果这个星球的不是政客，他说，而是像他们一样的科学界人士，他们正"像梦游者一样走向末日"。

从那天起，他不再出席任何会议，除非给他同等的时间宣讲生态与和平。在讲座上，他会分发他自己种的苹果和无花果，并对科学的破坏力做出提醒："炸毁广岛和长崎的原子不是哪个将军用他肥腻的手指分离出来的，而是一群科学家，用的也不过是几个方程式而已。"格罗滕迪克不由得想到，他会对这个世界造成什么样的影响？他所寻求的完全理解又会催生出什么样新的恐怖？人类会做出些什么来，如果可以触碰到心之心的话？

一九七〇年，在他的声望、创造力和影响力全部到达顶峰之时，他辞去了他在高等科学研究所的职务，因为他听说，研究所的经费是国防部给的。

在接下来的几年里，他舍弃了家庭，抛弃了朋友，遗弃了同事，逃离了这个世界。

"伟大的转折"，格罗滕迪克是这样称呼他四十二岁时、彻底扭转他人生方向的变化的。转瞬之间，他就被时代精神所占据了：他成天想的都是生态环境、军工复合体，以及核扩散这些事。面对绝望的妻子，他甚至在家里搞了个公社，同住在一个屋檐之下的有无业游民、大学教授、嬉皮士、和平主义者、革命者、小偷、僧侣和妓女。

他开始无法容忍资产阶级生活中的所有舒适的东西。他把家里的地毯给撤了，认为那是多余的装饰。他开始自制衣物，用回收轮胎做凉鞋，把旧麻袋缝成长裤。他不睡床了，而是睡在了他特意从合页上拆下来的门板上。只有在穷人、年轻人和边缘人之中，他才会觉得舒服。他与无国籍的人为伍，和没有自己国家的人为伍。

他对自己的财产很大方，想都不想就会把它们送给别人。而对于别人的财产，他也是一样地慷慨。一天，他的朋友之一，智利人克里斯蒂安·马约尔，跟妻子一起出去吃饭，回到家时，就发现大门开着，所有窗户都开着，壁炉点了起来，暖气被开到了最大，而格罗滕迪克正光屁股躺在浴缸里。两个月后，他从格罗滕迪克那里收到一张三千法郎的支票，用来弥补他的开支。

虽说格罗滕迪克通常来说都很和蔼可亲，但也有突然暴力起来的时候。在阿维尼翁的一次和平示威中，他朝警戒线冲了过去，打翻了两个阻挡他们行进的警察，继而就被十几个人用警棍给制服了，在失去意识的状态下被拖进了局里。而在家里，他老婆常常会听他用德语发表长篇独白，说着说着就演变成了让窗玻璃都不由得震动起来的嘶吼。紧接着的则是沉默，一连好几天的沉默。

"搞数学就像做爱一样。"格罗滕迪克写道。他的性冲动完全可以和他的精神追求相匹敌。他一生引诱过许多男人和女人，他和妻子米雷耶·杜福尔生了三个孩子，而婚外还有两个。

他创立了"生存与生活"组织，把所有钱和精力都扑在了上面。他和一群朋友一起编了本杂志（虽说实际都是他一个人写的），用来传播他"自给自足、爱护环境"的思想。他曾试图把盲目追随他数学项目的那些人都招揽进来，但仿佛谁都没有他的那种紧迫感，也都忍受不了他的极端主义，因为此时此刻他痴迷的对象已经不是抽象的数字之谜了，而是社会上正在发生的具体的事情，而对于这些问题，他是极端无知的，近乎于白痴。

他坚信环境也有自己的意识，他有责任保护它；连人行道上的水泥缝隙里长出的那些幼苗，他也会把它们收集起来，移种到家里，精心地去照顾。

他开始禁食，一周一次，然后是两次，自我摧残渐渐成了习惯，以至于他对肉体的疼痛几乎变得无动于衷：有次去加拿大，他拒绝换上普通的鞋子，而是只穿着他那双凉鞋就踩上了雪地，俨然一位在冰封旷野上传播好消息的先知。又有一次他遭遇了车祸，他拒绝麻醉，不得不做手术时，他说他只接受针灸。诸如此类的举动助长了他的批评者们故意散播出去的那些流言，他们一方面是为了诋毁他，同时也是为了抵御他发起的越来越激烈的反攻。其中最离谱的一条就说到，他为了减少自己对地球的影响，会把屎拉到一个桶里，随后他会到他家前后左右的农场里去转上一圈，把它当作肥料撒到地里。

一九七三年，他设在自己家里、向所有人开放的那个公社已经堕落到了无法无天的地步。最开始，是一队警察过来抓走了白莲宗的两个日本僧人，他们签证逾期了，而格罗滕迪克被控窝藏非法移民。而就在同一周，常跟亚历山大一起过夜的一位姑娘试图用他屋里的窗帘自缢。陪她从医院回来的时候，他看到公社成员在院子中央燃起了巨大的篝火，大家都在围着它跳舞，而烧的正是他的手稿。最终，他解散了公社，退居到了维莱坎，一个只有十几户人的村子。

在维莱坎，他住在一个满是跳蚤的茅屋里，没有电，没有饮用水，可他觉得比任何时候都要幸福。他买了辆废旧的灵车来代步，等到发动机坏了，他又弄了辆更破的，底盘上布满了小洞，都可以看见下面的路了，可他开得飞快，无牌无证。

接下来的五年里，他每天干着体力活，没有任何宏大的项目，跟社会几乎完全是脱节的。他的孩子们不来看他，他也没有情人，都不知道旁边住了些谁，除了一个十二岁的小姑娘，他会帮她补习算数。积蓄用完了，他就到蒙彼利埃大学去教两节数学，以支撑他斯巴达式的生活。那些本科生怎么都不会想到，迎接他们的这个像流浪汉一样的、到早了就会见他睡在教室地板上的人，竟是个活的传奇。

在维莱坎，他把他巨大的分析力都聚焦到了自己的思想上，其结果就是引发了比他远离数学那会儿更激进的一次蜕变。几年后，他试图把它概括到了一个隐秘的清单里。它描画了他心灵的轨迹，愈发偏离常识。

一九三三年五月：死的意愿

一九三三年十二月二十七日—三十日：狼的诞生

一九三六年夏天（？）：掘墓人

一九四四年三月：创世神的存在

一九五七年六月—十二月：召唤与背叛

一九七〇年：舍弃—进入使命

一九七四年四月一日—七日：真理时刻，进入灵性之路

一九七四年四月七日：与日本山妙法寺相遇，进入神界

一九七四年七月—八月：法的不足。我离开父系宇宙

一九七六年六月—七月：阴的觉醒

一九七六年十一月十五—十六日：形的崩塌，发现冥想

一九七六年十一月十八日：与我灵魂的重聚，造梦者进入

一九七九年八月—一九八〇年二月：我开始认识我的父母（欺骗）

一九八〇年三月：发现狼

一九八二年八月：与造梦者相遇—回归童年

一九八三年二月——一九八四年一月：新风格（在原野的踪迹后）

一九八四年二月——一九八六年五月：收获与播种

一九八六年十二月二十五日：收与播的"牺牲"

＊注意　一九八六年十二月二十五日：最初的情色—神秘主义之梦

一九八六年十二月二十八日：死亡与重生

一九八七年一月一日——二日：神秘主义—情色的"出神"

一九八六年十二月二十七日——一九八七年三月二十一日：形而上的梦，梦的智慧

（一九八七年）一月八日、一月二十四日、二月二十六日、三月十五日：预知梦

一九八七年三月二十八日：对神的怀念

一九八七年四月三十日——……梦的钥匙

从一九八三年到一九八六年这段时间里，他写了《收获与播种：一个数学家对过往的反思与见证》，怪异至极的一本书，在法国没有人敢出版。这部几千页的巨作里充斥着被他的一位同仁称作是"数学幻觉"的东西。格罗滕迪克沉浸在自己的精神世界里，试图理解一切，展现着一种在启示与偏执之间摇摆、宽广而又令人生

畏的智力，而他在不断抛却它。

《收获与播种》中的思想在不停地绕着圈子，作者一次次地回到了相同的论点上，以期达到完全的精确。他会审视自己刚刚写下的东西，拒绝它，再用更大的力气加以肯定，试图将字词固定在一种终极形式上，而对此，词语负隅顽抗着。在这本书的同一页上，会出现视角、主题或调性的突然跳跃，他的思维总在与意义的边界搏斗着，总想一下子看到所有："单一的视点会受制于自己，给予我们唯一的视像。只有把对同一个真相的所有互补的视线都拼合到一起，才能对事物拥有更完整的认知。所要认识的东西越是复杂，拥有不同的眼睛就越发重要，要让这些光束都汇合到一起，我们才能由'多'见'一'。这就是真正的视像的实质：把已知的视点都汇集到一起，把迄今不为人知的其他一些视点展示出来，好让我们明白，实际一切的一切都是同一事物的一部分。"

他活得像个隐士：读书、冥想、写作。一九八八年时，他差点饿死。他完全把自己看作法国的神秘学者玛莎·罗宾，后者身负圣痕，整整五十年里仅靠吃圣饼活着。他试图超越耶稣基督在旷野中禁食四十天的经历，一连吃了几个月的蒲公英，都是从他家门前的院子和周围摘的。邻居看他在街上采花都已经见怪不怪了，纷纷带了饼和家常菜去看他，非要他吃完了才走，这才把他从死亡线上救了回来。

他进而相信，梦都不是人类自己做的，而是来自一个被他称为造梦者的外部的实体，后者把梦传递给我们，好让我们认识我们真正的身份。他记录了自己二十多年来的梦境，即《梦的钥匙》，理解了造梦者的本质：造梦者即神。

一九九一年时，他试着切断他与世界的所有联系。他烧了自己写的两万五千多页书稿、他父亲的画像，把他母亲的死亡面具都送人了。他把他最后的研究——一次失败的尝试，企图照亮"动机"：像心脏一样搏动在数学最深处的那个晦暗客体——交给了他的朋友让·马古瓦，请他代为捐给他的母校蒙彼利埃大学。而自那以后，他就开始了一场持续终身的逃避，从一个村子搬到下一个村子，躲着寻找他的记者和学生，收到家人和朋友的来信，拆都不拆就退了回去。

得有十多年吧，谁都不知道他在哪儿。有说他死了的，也有说他疯了的，说他去了森林深处，为的是让人找不到他的遗体。

事实上，他在法国南部居无定所地游荡了一阵，就躲进了被比利牛斯山荫蔽着的小镇,阿列日的拉塞尔。他父亲在被送进纳粹的毒气室之前,生前的最后几个月就是在距此一小时不到的集中营里度过的。格罗滕迪克很小的时候,大半夜的,光着脚,从里厄克罗逃出来过一次——他是和他妈妈一起被送到那儿的——抱着坚定的决心,要走到柏林,亲手把希特勒给杀了。五天之后,警卫才找到他。他已失去知觉,距死亡只一步之遥,在一根中空的树干里哆嗦着。

他晚上常会弹琴。他在拉塞尔的邻居都知道他是不接受访客的,所以在听到那美妙的复调时都相当之惊奇,就仿佛他在隐居生活中学会了蒙古人的歌谣,可以同时发出好几个音。而亚历山大在他的日记里对这点做出了解释,说,一到夜里,一个长着两张脸的女人就会过来拜访他,他把其中温柔的那面叫作芙罗拉,而把恶魔的那面叫作路西法拉。他们会一同歌唱,逼迫上帝显现,可"祂沉默着,即使说话也是轻轻的,没有人能够理解"。

二〇〇一年时,又是这帮邻居,见烟雾与火光从他家里冒了出来。而据拉塞尔镇长阿兰·巴里称,当时,格罗滕迪克竭尽所能地拦住了消防队,求他们别管了,让它烧吧!

二〇一〇年,他的朋友吕克·伊吕西收到一封信,里面是亚历山大的《不发表声明》。其中，格罗滕迪克禁止任何人在今后出售他的作品，还要求所有的大学和图书馆撤下他的文章。他对所有寻求贩卖、印刷或传播他文字——不管有没有出版——的人喊出了他的威胁。他要消除自己对世界的影响，溶解在寂静里，抹掉他的每一处痕迹，"叫它们统统消失"！

美国数学家莱拉·施耐普斯是格罗滕迪克最后几年里跟他有过联系的少数几个人之一。她找了他好几个月，跑遍了所有他可能住的镇子，手里拿了张他的老照片，问人有没有见过，也不知道他的长相发生了多大的变化。后来，她走累了，就一连好几天坐在了附近唯一的菜市场门口的长凳上，指望他自行出现。终于，她看到一位老人拄着拐杖，在买青豆，身上穿着僧衣，脑袋罩在兜帽里，脸被一捧跟魔法师一样长的白胡子挡着，可她认出了他的眼睛。

她小心翼翼地靠了上去，心想这位禁闭者一看到她，说不定会撒腿就跑，可亚历山大的和蔼让她十分惊讶，尽管他当下也说了，他不希望再有人找到他。她几乎无法控制自己的激动，接着就告诉他，他年轻时提出的一个重要猜想被证明了。格罗滕迪克淡淡地笑了笑，说道，他对数学已经完全没有兴趣了。

这个下午他们是一起度过的，施耐普斯问他，他为什么要像这样把自己孤立起来。而亚历山大答道，他不恨人类，也没有背弃这个世界，他的隐居不是逃避，更不是一种拒绝。恰恰相反，他是在保护他们。他不想任何人因为他发现的东西而受苦受难，虽然他也拒绝解释，他所说的，"一种新的恐怖的暗影"是指什么。

此后的一两个月里，他们信件往来。施耐普斯很有兴趣了解他在物理学方面的研究，因为有传言说，他辞职之前就在搞这个。格罗滕迪克回信说，行啊，他可以告诉她一切，只要她能回答出一个问题：什么叫作米？

施耐普斯耽搁了一个多月才回复他，写了五十页的东西，可他拆都没拆就把它退了回来，接下来几封信也是一样。

在格罗滕迪克生命的最后阶段，他把视点拉远到了只能看到整体。而他原本的人格里，现如今，只余下了被连年的冥想切剩下的残破的几道。"我有种不可否认的、可能有点亵渎的感觉：我对神的了解比这个世界上的任何人都要深，虽说祂是个不可知的奥秘，比所有的肉身造物都要广袤无数倍。"

二〇一四年十一月十三日，一个周三，他死在了圣日龙医院。死因不详，他申请了保密。

关于他最后的日子，唯一的证言来自在医院里照顾他的那名护士。据她说，格罗滕迪克不愿见他家人，而是只接待了另一个人，一个长得高高的日本人，很害羞，还是她招呼他，他才敢进的病房。

那个男人，护士回忆道，还挺帅的，但微微有些驼背；整整五天，他每到探视时间就会过去，坐在病床边上，俯下身子，保持着一个很难过的姿势，好尽可能凑近患者的嘴，边听边在一本本子上记着。他一直陪他来到了最后一刻，全程没有说话，只是默默守着那具遗体，直到它被送进了停尸间。

两天后，上面这个男人，或是哪个和他极其相像的人，被蒙彼利埃大学的保安抓住了。发现他时，他正跪在一间办公室门前，这里存放的是格罗滕迪克捐赠给这所大学的手稿，而当时所设的捐赠条件是，谁都不准打开那四个装着皱巴巴的纸和写着方程式的餐巾纸的箱子，因为在他看来，那"差不多就是瞎写"。

保安在那个男人手里发现一盒火柴，又在他包里找到了一小罐打火机汽油，可他们没有报警，只是把他赶出了校园，想着他就是个疯子或智障，因为他的目光从来就没有离开过地面，嘴里还在不停地说道——尽管声音很轻——请放他走吧，下午他在数学系有个重要的讲座。

当我们不再理解世界

关于薛定谔方程的物理意义，我越想越觉得恶心。他写的东西几乎没有意义，换句话说，就是一坨屎！

——沃纳·海森堡写给沃尔夫冈·泡利的信

引 子

一九二六年七月，奥地利物理学家埃尔温·薛定谔去了慕尼黑，去宣讲从人类大脑中生出的最优美，同时也是最怪异的方程式之一。

他在一夜之间成了国际巨星：他找到了一套能够描述原子内部发生的事情的简单的方法。他所用的公式和几百年来人们用来预测水波运动的公式极其相似，做到的却是一件乍看起来不可能的事情：在量子世界的混沌中建立起秩序，照亮原子核周围电子的轨道。这个方程是如此强大、优雅和奇妙，热心的支持者们毫不犹豫地形容它为"超越时空"。

可它最有魅力的一点还不是它的优美，或是它能解释很大一批自然现象。它之所以吸引了整个科学界，是因为它能让人看到现实世界的最小尺度内在发生些什么。对志在探究物质基础的人来说，薛定谔的方程就像普罗米修斯之火，可以驱散亚原子王国里不可逾越的黑暗，把直至此刻都隐藏在神秘面纱后的世界给揭示出来。

薛定谔的理论似乎确证了，基本粒子的行为是近似于波的。如果它们真有这种性质的话，就会遵循那些为大家所熟知和理解的规律，全世界的物理学家也就都应该能接受了。

都应该能接受，除了一个人。

沃纳·卡尔·海森堡是问人借了钱，才得以参加薛定谔的慕尼黑讲座的。在买完火车票之后，他都差点不够钱住进那家脏兮兮的学生旅社了。但海森堡不是普通人，他年仅二十三岁时就被认定为天才：他是第一个制定了一系列规则、解释了跟薛定谔试图解释的相同的事的人，比奥地利人还要早六个月。

这两种理论的差别不能再大了。薛定谔只用一个方程就描述了整个现代化学和物理学，海森堡的思想和公式却格外抽象，在哲学上堪称革命，同时又极其复杂，只有极少数的物理学家知道怎么用它，甚至就连他们见到海森堡这套东西时也头疼不已。

慕尼黑的那个大礼堂里座无虚席。海森堡被迫坐在走廊上听薛定谔的演讲，一边还在咬着指甲。他没能忍到结束，薛定谔刚讲到一半，他就跳了起来，在众目睽睽之下跑到讲台前，高喊道，电子不是波，亚原子世界根本没法视觉化，"它比想象的怪多了"！在场的一百来名听众狠狠嘘了他，哪怕薛定谔本人请求，让他讲讲看，也没有一个人要听他讲话——这个年轻人上来就要求大家忘掉脑中任何关于原子的图像。要像海森堡那样看待事物是需要心理准备的，而没有人做了这种准备，所以，当他把反对薛定谔理论的一条条理由写满了黑板时，人们把他推出了会场：他要的实在太多了。要抵达物质的最小尺度，就非得抛弃常识吗？这个年轻人就是嫉妒。当然也可以理解，毕竟，薛定谔的思想让他的发现彻底黯然失色了，也否定了他在历史上的地位。

然而，海森堡知道，他们都搞错了。电子不是波、浪或者微粒。亚原子世界不像他们所认识的任何一样东西，这点他十分确定，并且深信不疑，只是落不到言语上。因为它已经显现出来了。那是无法解释的一种东西。海森堡已经感知到了位于事物中心的那个黑暗的核，要说这番景象也是假的，那他遭遇的一切不就全都是徒劳了？

一、赫尔戈兰之夜

慕尼黑讲座的一年之前，海森堡变成了个怪物。

一九二五年六月,他还在哥廷根大学工作的时候,花粉过敏扭曲了他的脸,严重到人都认不出来他了。他的嘴唇就像烂桃子,仿佛下一秒就要爆开,眼皮肿得都看不见了。这样的春天,他一天都忍不下去了,为了尽可能远离那些把他折磨得死去活来的微粒,他登上了一艘船。

他要去往的是"圣地"赫尔戈兰,德国唯一一个在远海的岛屿,那里的气候又干燥又恶劣,树干几乎都只能贴着地长,岩石中开不出一朵花来。整个旅途中,他都把自己关在客舱里,又晕又吐,而在踏上赫尔戈兰岛红土的那一刻,他感觉无比的凄凉。他花了很大力气才没让自己将头顶七十多米高的崖壁视为他生理和心理诸多疾病的最顺畅的解决办法。自从他下定决心要揭开量子世界的奥秘,它们就一直在困扰着他。

海森堡的同事们都在享受着物理的黄金时代,研发着更复杂的应用,进行着更精确的计算,而他不同。让他深受折磨的是被他认定为是物理规则基础上的一个根本性缺陷:从艾萨克·牛顿以来就在宏观世界完美运行的定律,放到原子内部怎么就失效了呢?他只想知道,基本粒子究竟是什么,从而把连结所有自然现象的根源给挖掘出来。然而,就是这么简单的一个渴望——他是背着他的导师研究的——却将他消耗殆尽。

他在一家小旅馆里订了个房间,女主人初见他的时候,几乎掩饰不住她的惊奇。她坚持要帮他报警,这年轻人想必是被哪个喝醉酒的海员给揍了,而当海森堡最终说服她,他这只是过敏所致时,罗森塔尔夫人发誓要照顾他到痊愈。她真这么做了,把这位物理学家视作了自己的亲儿子,不管几点,她都有可能闯进他的房间,逼他喝下什么臭烘烘的所谓的神药,而海森堡会强忍着胃痉挛,假装把它吞下去,待那个女人终于放他清静了,再从窗口把它吐掉。

到赫尔戈兰的头几天里,海森堡遵循着一套严格的体育锻炼计划:一醒来就跳进海里,一直游到绕过那块巨岩,据旅馆老板娘说,全日耳曼最大的海盗宝藏就埋藏在那里。他只有游到精疲力竭,快淹死了才会回到岸边。这是他从小养成的习惯,那时,他常跟兄弟们比赛,看谁能绕着紧挨着他父母家的那片池塘游上更多圈。而海森堡在研究的时候也抱着相同的态度,一连几天都处在深度入神的状态,废寝忘食。要是他得不到一个满意的结果,他就会濒临崩溃;而要是他得到了,则会陷入一种类似于宗教狂喜的极度的兴奋。他的朋友们都觉得,他渐渐对此上瘾了。

从他旅馆的窗户看出去,是漫无边际的海洋。他目送着海浪奔流、继而消逝在地平线上,不禁想起了他的导师丹麦物理学家尼尔斯·玻尔的话。后者告诉他,望着致眩的大海而不用闭上眼睛的人,可以够得到永恒的一部分。前一年夏天,两人去爬了哥廷根周围的那些山,而海森堡觉得,他的科学生涯在那次漫长的散步后才算真正开始。

玻尔是物理学界的巨人，二十世纪上半叶唯一和阿尔伯特·爱因斯坦拥有同等影响力的科学家，两人亦敌亦友。一九二二年时，玻尔已经获得了诺贝尔奖，且他很善于发现杰出的人才，并将他们纳入麾下。他对海森堡就是这么做的：山间漫步时，他说服了这个年轻人，说在谈论原子时，语言只能当诗用。所以，跟玻尔走在一起的海森堡就有了他最初的直觉：亚原子世界是极端另类的。"如果一粒微尘中就有亿万个原子，"一边攀登着哈尔茨山脉，玻尔就对他说，"那怎么才可以站在这么小的东西的意义上谈论问题呢？"物理学家，就像诗人一样，要做的不是去描述这个世界上的事实，而是创造隐喻，创造思维上的联系，仅此而已。于是，从那个夏天开始，海森堡就明白了：把诸如位置、速度、动量等的经典物理概念用到亚原子粒子上完全是无稽之谈，自然界的这一面需要新的语言。

在赫尔戈兰静修期间，海森堡决定把限制推到极端。一个原子内部正在发生的所有事情里，他能真正知道些什么呢？每当有一个核外电子改变能级时，会释放出一个光子，即光的微粒，而这点光，他是可以用锌板记录下来的。这就是他唯一能够直接测量到的信息了，从原子的黑暗里透出的唯一一点光。海森堡决定抛却其他所有东西，就用这么一小撮的数据，推导出规制着这个尺度的规则。不用任何概念、任何图像、任何模型。他要让真实说话，让它自己说出足以描述它自身的句子。

当他的过敏稍有缓解，可以工作了，他就把这些数据排到了无穷无尽的一系列表格和栏目里，组成一个复杂的矩阵网。他花了好几天工夫来把玩这些东西，像孩子在拼拼图，仅是享受把零件拼到一起的乐趣，因为盒盖没了，猜不到它真正的形状。渐渐地，他开始分辨出了其中一些微妙的联系，对他的矩阵进行加和乘的方法，揭露出了一种越来越显抽象的新型的代数形式。他漫步在赫尔戈兰错综蜿蜒的小道上，两眼看着地面，完全不知道自己要去往的是哪里。他在计算中每前进一步，就愈发远离现实世界，矩阵操作越复杂，他的论证也就越显得隐晦。这些数字的表格和组成他脚下散落石块的分子有什么关系呢？要怎样才可以从他的表格——比起物理学家，更像是从哪个小出纳的本子里摘出来的——回归到一种好歹有点像样的东西，更贴近于当时对原子的认识？原子核就好像一个小小的太阳，而环绕着它的电子就像行星：海森堡厌恶这个图景，觉得它既天真又幼稚。在他看到的那个原子中，这些结构都消散了：小太阳熄灭了，电子不再绕圈，而是消解在了一团无形的迷雾里。唯一剩下的就是数字——多么贫瘠的风景啊，就像分隔赫尔戈兰两端的这片原野。

一大群野马经过，用马蹄凿穿着土地。海森堡不明白，这么荒芜的地方，它们是怎么活下来的呢，就循迹走了一段，却来到了一片采石场。他在那边晃了一会儿，敲碎了几个石块，看能不能找到什么化石，赫尔戈兰的化石全国有名。而那天下午剩下的时间，他把一块块石头扔到了采石场底下，它们在那儿碎成了一千块，预告着——他自己是不知道的，而且尺度也微缩了——英国在"二战"后对赫尔戈兰施行的暴力：他们把用剩下的弹药、鱼雷和地雷都堆在了这个岛上，一起点了，造成了史上最大的非核爆炸。英国人的这场大爆炸的冲击波震碎了六十千米外的窗户，用三千米高的黑色烟柱为岛屿戴上了冠冕，也将二十年前海森堡爬上去看日落的那个山坡轰成了齑粉。

他快爬到悬崖边缘时，一团浓雾降临在了这个岛上。海森堡决定返回旅馆，可一转身，他就发现，来路消失了。他擦了擦眼镜，四处寻找着好让他安全离开悬崖的参照物，可他彻底失去了方向。等到雾略微散了些，他感觉自己看到了前一天下午想攀上的那块巨岩，可刚迈出一步，他就又被雾气包围了。就像所有优秀的登山者一样，他也知道许许多多以悲剧收场的徒步旅行的故事：只要一只脚放错地方，就可能落得个头破血流。他试图保持冷静，可周围的一切都变了：风冰冷地吹着，尘土从地上扬了起来，刺扎着他的眼睛，连阳光都透不过那浓雾。他仅能看见脚边的那些东西——

风干的马粪、海鸥骨骼、皱巴巴的糖果包装纸，这些让他感觉有种奇怪的敌意。寒冷噬咬着他手上的皮肤，虽说半小时前，他还因为太热，把大衣都脱了下来。既然没法向任何方向前进，他干脆坐下，翻起了笔记本。

直至此刻，他所做的一切都像无意义一样。他给自己设的限制太荒谬了，把原子放在这样一团漆黑里，还能怎么照亮它呢？他感觉到一波自我怜悯从胸中升腾起来。一阵风暂时吹散了雾气，为他指明了回镇上的道路。他一蹦站了起来，跑着想要往那儿跑上两步，但雾气去得快回来得也快。我知道路在哪里，他在心里说，只要慢慢逼近它就行了，看准离我最近的那寸土地的细节，先走十米，去到那块碎石跟前，再走二十米，就会看到那堆碎玻璃瓶子，而一百米开外呢，则是那棵枯树弯折的根系，虽说他只要看看周围，就会发现，他根本没法知道，他正在逼近的是小路还是深渊。他本想回去坐下，只听周围一声轰响，撼动了大地，连他脚下的石子都像获得生命一样地跳起了来。他感觉自己看到了一队黑影，恰在他的视野之外全速移动着。是那些马，他对自己说，试图控制住自己的心跳，是那些马，在雾中盲目地奔跑着。然而，当天空完全放晴时，他怎么找也没能发现它们任何的踪迹。

接下来的三天，他把自己关在了房间里，不眠不休地工作着，连牙齿都不洗。若不是因为罗森塔尔夫人，他还会这么继续下去，前者不容分说地闯了进来，把他推了出去，说房间里闻着像死了人。海森堡下到了港口那儿，闻了闻自己的衣服。他有多久没换衬衫了？他一边走着，一边眼睛看着地面，极力回避着其他游客的目光，刹那间，他几乎是直直撞在了一个意图吸引他注意的女青年身上。他有好久没跟除老板娘之外的人类产生过互动了，所以他花了好大工夫才反应过来，这个有着明亮眼睛的鬈发女孩只是想卖他个救济穷人的徽章。海森堡翻了翻口袋，里面一马克都没有。女青年朝他弯出个微笑，脸红了，说不要紧的，可海森堡的心却窝在了胸口：他在这屎一样的岛上干吗呀？他目送她跑向了一群醉醺醺的公子哥，他们刚从船上下来，在游来荡去，怀里搂着他们的女友。海森堡想到，很可能他是整个岛上唯一的那个单身汉。他转了回去，只觉被一股抑制不住的怪异感所侵袭。海滨长廊的店家就像被巨大的火炎风暴刮过，成了烧焦的废墟。人们在它周围游逛，皮肤上都带着灼伤的痕迹，而那团火焰，只有他才能看见。孩子们奔跑着，顶着冒火的头发；情侣们像焚尸堆的柴火一样燃烧着，齐声大笑，纠缠着的手臂好似火舌，从他们体内钻了出来，伸向天空。海森堡加快了步伐，试图控制住双腿的颤抖，而就在此时，一声巨大的炸响撼动了他的鼓膜，一道光闪穿透云层，在他脑中钻出了一个洞。他奔向旅馆，实实在在地被光闪瞎了双眼，偏头痛也发作了。

他只能强忍着恶心和从眉心蔓延至耳朵的疼痛，脑袋像被劈成了两半。当他终于能够爬上楼去时，他昏倒在床上，因发烧而颤抖着。

他开始吸收不进东西了，但他仍然没有中止他在岛上的步行。他像动物一样标记着领地，蹲地上拉屎，拉完扒几块石头埋了，心里十分确定，在某一刻，一定会被人撞见自己光屁股的样子。他确信那位老板娘之所以逼他喝补药是想毒死他，可见他又吐又泻，体重一天天地减了下去，她的补药勺也换得越来越大了。当他再也没有力气把脚搁出床外时（那张床，他稍一伸腿就睡不下了），他把能穿的衣服都穿上，用五条毛毯把自己裹住，想"捂"走热度——这是他从他妈妈那儿学来的偏方，就直接给用上了，也没有怀疑过它到底有没有效果，他坚信自己可以承受任何痛苦，只要不落在医生手里。

他从头到脚都湿透了，背了一整天的《西东合集》，前一位住客落下的一本歌德的诗集。他大声把它朗读了一遍又一遍，某几句句子得以逃出他的禁闭室，回荡在旅店空荡的走廊里，听着像是幽灵的胡话，叫其他客人摸不着头脑。歌德是一八一九年写的这部作品，深受苏菲派神秘主义者沙姆斯·丁·穆罕默德·哈菲兹，简称哈菲兹的启发。这个德国天才读的是上面那位十四世纪伟大的波斯诗人的一个很糟糕的德语译本，坚信是神的旨意让他读到了它。他彻底代入了哈菲兹，完全变了个声音，和那个歌颂着主的荣耀与四百多年前的美酒的男人融为了一体。哈菲兹曾是个豪饮的圣徒，既是神秘主义者，又信奉享乐主义。他把自己献给了祈祷、诗歌和美酒，而到了六十岁，他在沙漠里画了个圈，在里面坐了下来，发誓不触碰到唯一全能的真主安拉的思想就坚决不起来。他在沉默中度过了四十天，经历了日晒风吹，没有收获任何的结果，而当他距离死亡只有一步之遥时，找到他的人递给他的那杯酒打破了他漫长的禁食，也唤醒了他的第二意识，后者几乎是立即压倒了他原本的意识，并向他口述了五百多首诗。歌德在创作《合集》时也得到了帮助，虽说灵感不是源自神祇，而是源自他一个朋友的妻子，玛丽安娜·封·韦勒美尔，她也和他一样痴迷哈菲兹。他俩共同写就了那本书，在满溢着情色的长信中修改着草稿。在其中，歌德幻想着自己咬着她的乳头，将手指插入她的身体，而她梦想着鸡奸他，虽然两人只见过一面，也没有任何证据证明他们兑现了这些幻想。玛丽安娜借哈台姆的情人苏莱卡之口谱写了《致东风》，可她参与创作这件事，直到她去世的前一晚她才向人坦白，她一边还在念着那些诗行，而此刻海森堡也读到了这里，并因发热而颤抖着：缚住天空的颜色在哪里/灰雾让我失明/我越看越看不到。

即便是生着病，海森堡也还在研究他的矩阵：就在罗森塔尔夫人给他冷敷降温，劝他去看医生的当儿，他还在大谈特谈振荡器、光谱线和束缚态电子，他坚信自己只要再撑几天，他的身体就将战胜病魔，而他的大脑也会找到他所处的迷宫的出口。虽说他连翻页都快翻不动了，他还在读着歌德的诗句，每一行都是一支箭，直指他的胸膛：我只珍惜渴望死亡之人 / 在火焰中爱拥抱我 / 在灰烬里我心中的每一个形象。睡着的时候，海森堡会梦见苦行僧在他房间中央打转，哈菲兹在爬着追他们，喝醉了，光着，像狗一样朝他们吠叫。见没法闹醒他们，他只能一个个地对着他们撒尿，在袍子上留下了黄蜡蜡的图案，海森堡好像在这图案中看到了他矩阵的秘密。他伸手去抓，可那些黄渍又变成了一长串的数字，在他周围跳舞，继而缠住了他的脖子，越缠越紧，叫他喘不过气来。而这样的梦魇之于他的情色之梦还算是个挺值得欢迎的休息，因为后者只会愈演愈烈，叫他失去力气，像青春期一样梦遗在床上。虽然他试图拦阻过罗森塔尔夫人，不让她给他换床单，可她一天不彻底打扫干净就一天不舒服。海森堡实在羞耻不过，但也拒绝自渎，他深信体内所有的能量都得妥善保存，好留给工作用。

半夜里，他因发热而不堪重负的思维会建立起奇怪的联系，让他在没有中间过程的情况下直接得出答案。在失眠的谵妄中，他感觉他的大脑一分为二，两个半球都在独立工作，无需与另一半交流。他的矩阵打破了普通代数的所有规则，它们遵循的是梦的逻辑，"一"也可以是"多"：把两个数加起来，只要顺序不同，就会得到不同的结果；三加二等于五，而二加三可能等于十。他太累了，没力气再去质疑那些结果了，只能算下去，算到最后一个矩阵。解开它的同时，他跳下床来，大喊，不容观测！无法想象！不可思议！把全旅店都吵醒了。罗森塔尔夫人进到他房间的时候，刚好看到他一头栽倒在地上，睡裤上都是屎。而待海森堡终于冷静了下来，她把他塞回被子里，跑去找医生，也没管他在哼唧些什么，他还在他的幻觉中进进出出。

坐在他床尾的是哈菲兹，他递给他一杯酒，海森堡接过来，咕咚咕咚地喝了，淋湿了胡子和胸口，紧接着才注意到，里面有诗人的血，而此刻的诗人正在愤怒地手淫着，手腕上血流不止。所有这些吃的喝的，把你变得又胖又蠢！哈菲兹唾骂道。但你还有希望，只要你别吃别睡。快别坐那儿想了，来浸没在神之海吧，只沾湿一根头发是不会获得智慧的。见到神的人不会再有疑问，你的大脑和眼睛都是纯净的。海森堡的头还晕着，昏昏沉沉，就听从了这位幽灵的指示，可他的烧又起来了，动都动不了，牙齿在不停地打颤。待他终于清醒过来时，他感觉到了针头的刺痛，只见老板娘正趴在医生肩上哭，而医生说，都会好起来的，只是发烧没注意罢了，他俩都没看见的是，此时此刻，歌德正跨坐在哈菲兹的尸体上，后者的血已经流干了，但还保持着辉煌的勃起，而那位德国诗人正试图用嘴唇为他注入活力，像在吹着一堆行将熄灭的炭火。

海森堡半夜醒来，他的烧已经退了，头脑格外地清醒。他下了床，机械地穿上了衣服，感觉自己完全脱离了身体。他走到桌子跟前，打开笔记本，见他的所有矩阵都完成了，其中一半都不知道是怎么构建起来的。他抓起大衣，走进寒风之中。

天上没有星星，只有被月亮照亮的云。他在屋里关了这么久，眼睛已经习惯了黑暗，完全可以安全行进。他沿路朝悬崖走去，不觉寒冷，到了岛上的最高处，看到了微露在地平线上的光亮，尽管距离日出还有几小时。那光并非源自天空，而是来自陆地本身，海森堡想，或许是哪个巨大的城市吧，可他十分清楚，最近的城市距他也有几百千米远。那光是无法触及的，可他看得到它。他坐了下来。迎着海风，他打开了本子，开始验算起他的矩阵，很紧张，接连犯着一个个错误，不得不从头再来。发现第一个矩阵是正确的，他渐渐恢复了知觉，而到了第二个，他的手开始冻得发抖。铅笔在纸上，在他的算式上下留下了一个个小小的印记，仿佛他用的是什么未知语言的符号。他所有矩阵的逻辑都是清晰的，他成功塑造出了一个量子系统，而基于的仅仅是那些可以直接观测到的事物。他用数字替换了隐喻，从而发现了规制原子内部行为的规则。这些矩阵使他可以描述某一个电子，它每一刻都在哪儿，以及它和其他微粒是如何作用的。海森堡仅用纯数学，不借助任何图像，就在亚原子世界复制了牛顿曾对太阳系做过的事情。虽说他完全不明白自己是怎么得出那些结果的，可它们就在那儿，且都是他亲手写的：假如它们是正确的话，科学都不仅仅是理解了，而是可以在最根本的尺度上操纵现实。一想到这种性质的知识可能会带来怎样的后果，一阵强烈的晕眩就朝他涌了过来，他不得不克制住把本子扔进海里的冲动。他觉得，他已在透过各类原子现象望向一种新的美。他激动得不想睡觉，就走向一块直插大海的岩石，跳了上去，爬到尖端，就那样双腿悬空地坐在那里，听海浪拍打着崖壁，等待日出。

回到哥廷根大学后，海森堡殚智竭力，试图把他的顿悟经验浓缩成一篇可以发表的文章，可最终得到的结果，不说荒谬吧，至少让他觉得渺小、疲弱。那几页纸里，没有讲到轨道或轨迹，也没有提到位置或速度，所有的这一切都被一格又一格繁复的数字给取代了，还有成套成套的数学法则，乱得让人厌烦，最简单的计算也需要付出巨大的努力，而且连他自己都解读不出他的矩阵和现实世界有什么关系。可它们用起来却是对的！他对那篇文章毫无信心，不敢发表，就把它交给了尼尔斯·玻尔，后者把它搁在了桌上，放了好几个星期。

一天早上，丹麦人想不出什么更好的事做了，就翻开它看了看，随后一遍遍地重读了起来，一遍比一遍着迷。他完全沉浸在了海森堡的新发现里，以至于夜不能寐。这个德国年轻人所做到的事情是前无古人的：他相当于是把温网所有的规则，包括穿白色球服,球网应该拉到多紧,都推导了出来,而基于的只是偶尔打出场外的那几个球,场内发生过什么他一眼都没看过。玻尔努力尝试了,也没能解开海森堡创造矩阵时古怪的逻辑,可他非常清楚,这个年轻人发现的是一种极其根本的东西。他所做的第一件事就是通知爱因斯坦,"海森堡的新文章马上就要发表了,我看完一片茫然。很像是哪个神秘主义者写的,但无疑结果是对的,而且很有深度"。

一九二五年十二月,海森堡在第三十三期的《德国物理学杂志》上发表了《关于运动学和力学关系的量子论的重新解释》,这也是量子力学的第一个表述。

二、王子的波

海森堡的想法让人一片哗然。

虽然爱因斯坦本人是把矩阵力学视为一张藏宝图,也花了些心思来研究它,可里面总有些什么东西让他尤其反感。"海森堡的理论是近期这些成果里最有趣的了,"他写信给他的朋友米凯莱·贝索,"可就是要像魔鬼一样不停地算,里面包含了无限多个行列式,用的还是矩阵而不是坐标,而且要推翻它很难,因为太复杂了。"爱因斯坦所厌恶的还不是那些神秘兮兮的公式,而是比这重要得多的一件事:海森堡发现的世界是违背常识的。矩阵力学描述的不是正常的客体——哪怕它们小得无法想象——而是现实的一个方面，用经典力学的概念和词汇甚至都没法给它命名。而对爱因斯坦来说，这可不是一个小问题，这位相对论之父是个视觉化的大师，他对时空的思考都源自他对最极端的物理情境的想象力。因此，他还没准备好要接受这位德国青年所提出的限制，后者为了看得更远，似乎把眼睛都抠了下来。直觉告诉爱因斯坦，如果有人把这条思路贯彻到底的话，那么整个物理学都有可能被黑暗所感染：要是海森堡成功了，世上各种现象的基础就将遵循一些我们永远都无法了解的法则，就仿佛有种无法控制的随机性在物质的心脏部位筑了巢。所以必须有人制止他。必须有人把原子从他的黑盒子里放出来。而在爱因斯坦眼中，这个人就是彬彬有礼而又羞涩古怪的法国青年，路易-维克多·皮埃尔·雷蒙德，第七世德布罗意公爵。

作为法国最显赫的家族之一的后裔，路易·德布罗意是在他姐姐保琳公主的呵护下长大的。她爱她弟弟超过一切，在回忆录里，她把他描述为了一个苗条而纤细的男孩，"头发像狮子狗一样卷，小脸笑眯眯的，眼睛里装满了坏点子"。小路易在童年时就过着奢侈的生活，享受着各种特权，尽管他父母对他完全是不闻不问的。这种爱的缺失被他姐姐弥补了，她会为他的每句俏皮话喝彩："他会在餐桌上讲个不停，人吼他都不听，就是控制不住那张嘴。可他发表的那些评论可真是让人难以抗拒呢！他是在孤独中长大的，阅读了大量的书籍,生活在一个完全虚幻的世界里。他记忆力惊人,可以整幕整幕地背诵经典戏剧,而且乐此不疲。可是,面对最鸡毛蒜皮的事情,他也有可能会害怕到发抖:害怕鸽子,害怕猫狗,听见爸爸上楼的脚步声也会陷入恐慌。"少年时期的他对历史和政治表现出了特殊的兴趣(年仅十岁时,他就能背出第三共和国所有部长的名字),可正当他家人都觉得,他会走上外交官的道路时,他却被他的哥哥、实验物理学家莫里斯·德布罗意的实验室深深吸引了。

那个实验室覆盖了他们家族一处大宅的大部分面积,且不断扩大,最终占据了夏多布里昂街的整一个街角。之前是纯种马入梦的马厩,如今在其中嗡嗡作响的却是巨大的X射线发生器,把它们和主实验室连结在一起的粗大的缆线穿过了客用浴室的瓷砖与莫里斯书房墙上无价的哥白林挂毯。父亲死后,小王子就被交给这位兄长照管。最终,路易去学了科学,并在理论物理界展示出了和他哥哥在实验物理界同等的天赋。当路易还是个学生的时候,他意外发现了他哥哥在担任第一次索尔维会议——欧洲最负盛名的科学大会——的书记员时所做的关于量子物理学的笔记。这个看似偶然的事件不仅永远改变了他生命的走向,也让他的性格发生了奇异的转变,以至于她姐姐保琳从意大利度假回家时都差点没有能够认出他来:"让我的整个童年都过的无比快乐的那个小王子彻底消失了。

现如今，他成天把自己关在小房间里，埋头于那本数学课本，天天都是这样，重复而僵硬。他已经以惊人的速度变成了另一个人，一个严酷的人，过着修道院一样的生活。他的右眼皮本身就有点耷拉着，如今几乎是全部合上了，这样一来就很难看，我觉得还挺可惜的，这只会让他心不在焉、有点女子气的那种形象更加凸显出来。"

一九一三年，路易错误地选择了工程兵部队作为他的服役机关。不久之后，"一战"就爆发了。他作为报务员，在埃菲尔铁塔上待到大战结束，做的工作主要是维护那些截取敌军信息的设备。身为一位天生的懦夫与和平主义者，军中生活是他难以承受的；战后的那几年，他总在苦苦抱怨那场遍及欧洲的灾难对他的大脑造成了怎样的影响，用他自己的话说，它再也不像以前那么好使了。

在他所有的战友当中，唯一和他继续来往的是一位青年艺术家，让-巴普蒂斯·瓦塞克，这也是德布罗意打小以来交到的第一个真正的朋友。同在塔上的那烦心的几年里，瓦塞克的陪伴是他唯一的快乐源泉，而退役之后，两人也一直保持着紧密而亲昵的关系。瓦塞克是个画家，但他同时也搜集了大批被他统称为原生艺术的作品，其中就包括了诗歌、雕塑与绘画，而创作他们的，有精神病人、流浪汉、智障儿童、吸毒者、酗酒者、性变态，一应俱全，因为在瓦塞克看来，他们扭曲的视像正是孕育未来神话的培养液。德布罗意虽然从来不觉得让-巴普蒂斯口中"**最纯粹状态的创造力**"

会有什么真正的用处，可是，瓦塞克对艺术的执着和他对物理的狂热十分相似，他俩可以在德布罗意府邸的某个大厅里整晚整晚地聊天，或是就那么安安静静地待着，不觉时间的逝去，对外面的事情充耳不闻。

只有当他朋友自杀时，德布罗意才意识到自己多爱他。对此，瓦塞克没有做出任何解释，只是给他留了张条子，请他"最最亲爱的路易"保存好他的收藏，如果可能的话，继续扩大它的规模；路易严格照做了。

德布罗意放弃了他的物理学研究，把他非凡的专注力都聚焦在了如何延续他那逝去的挚爱的项目上。他跑遍了全法国的疯人院，去了欧洲各地，用他自己那份遗产收购着那些病人所能完成的任何艺术品。还不仅仅是那些已经完成的，他还出钱请他们创作，把材料交给院长们，并用贿赂——钱，或是从他妈那儿要来的珠宝——磨平他们刺耳的答复。这还不够：待疯人院走遍了，他创立了一个智障儿童基金会，等到连孩子都没了，他又专给暴力犯和性犯罪者设立了一个艺术奖学金。最后，他去了教会的慈善机构，出资办了个乞丐收容所，包吃包住，以换取他们的一首诗、一幅画、一张乐谱。而当存放这些作品的殿堂里再也塞不进一张纸了，他举办了个盛大的展览——"人类的疯狂"——并将策展人的荣誉记到了他朋友的名下。

开幕式来了许许多多人，警察被迫对挤在门口的人群进行了疏散，以防踩踏致死。批评家们被分成了不可调和的两半：谴责艺术界已经彻底堕落的和为新艺术类型的诞生而喝彩的，后者甚至认为，相形之下，达达主义者的实验都好像是装腔作势的闲人的沙龙游戏。甚至在法国这样一个国家——法国人对他们仅存的贵族的癖好都见怪不怪了——这场展览都是让人费解的；德布罗意王子为了向一位情人致敬，大肆挥霍家财的流言也在上流社会里风传一时。当路易读到一篇无情嘲笑让-巴普蒂斯的画作的文章时（德布罗意为他单辟了一个展厅），他把自己和全欧洲的疯子的作品一起锁到了一栋楼里，三个月来没有见过任何一个人，除了他姐姐，她会每天给他送饭，而他连看都不看一眼那堆盘子，就那么把它撂在门外了。

保琳确定路易是想绝食自尽，就去求他哥哥。莫里斯敲了二十分钟的门，见没人回答，就一枪打飞了门锁。进去的时候，他带了五个仆人，想的是把他弟弟拖到疗养院去。他们边走边喊，走过了垃圾雕像遍布的走廊与大厅，头一次见证了蜡笔画一处处地狱般的图景，最后，他们来到了主展厅：坐落在那里的是巴黎圣母院的一件完美的复制品——包括每个滴水嘴的线条——全是用大便捏的。莫里斯怒火中烧，大步迈向了顶楼的卧房，心想，小路易必定是蓬头垢面，营养不良（或者更糟糕地，已经死了），而正因如此，当他最终进屋时，他几乎不敢相信自己的眼睛：他弟弟穿着一件蓝丝绒礼服，头发和胡子都是新近修剪过的，叼着个小烟斗，笑得很灿烂，眼珠子跟小时候一样亮堂。

"莫里斯，"他弟弟递给他一捆稿纸，十分自然地，就好像两人昨天下午刚见过面，"请你告诉我，我是不是失去理智了？"

两个月后，路易·德布罗意提出了最终让他载入史册的那个观点。他把它写在了一九二四年的那篇博士论文里，论文的名字和他本人一样朴实：《量子理论研究》。答辩时，大学评委会的老师们是彻底茫然的。他的语调平得叫人犯困，而且讲完就离席了，也不晓得有没有通过，因为评委会的人在听过这些东西后，都不知道该问些什么。

"如今的物理学里有一些错误的教条，给我们的想象力施了暗魔法，"德布罗意说道，用他尖细的鼻音，"一个世纪以来，世界上的现象被我们分成了两块：作为实体物质的原子与粒子，和在光以太之海里传播的无实体的光波。然而，这两个系统不能继续被分开来看了，我们得把它们统一成同一个理论，从而用它解释各种各样的变化。踏出第一步的人是我们的同僚，阿尔伯特·爱因斯坦；早在二十年前，他就提出，光不仅仅是波，也包含了带有能量的粒子。这些光子不过是聚合起来的能量，却可以随着光波一起去旅行。许多人都怀疑这种说法，还有些人则选择闭上眼睛，不去看它揭示出来的那条新路。我们不能自欺欺人；这是一场真正的革命，我们在讲的是物理学中最珍贵的一样东西。这是光啊，它不仅让我们看见了这个世界的形状，还把装点着银河系旋臂的星星和隐藏在事物背后的核心展示给了我们。然而，它不是单一的，而是双重的，它以两种不同的方式存在着。所以，我们不是试图用条条框框给自然界所表现出来的无数形式分类吗？光超越了这些类别，它既是波也是粒子，同时居住在这两种秩序里，拥有像两面神雅努斯的脸一样的两种截然相反的身份。也跟这个罗马神似的，它同时表达着连续和离散这两种矛盾的性质，它是局部也是个体。反对这种启示的人中有这么说的：接受这种新观念，就意味着背弃理性。而对他们，我想说：其实所有物质都有二象性。不仅光有这种分裂，神用来创造宇宙的每一个原子都有这种分裂。你们手中的这篇论文就证明了，每种物质粒子，不管是电子还是质子，都有一种对应的波可以带它们穿越空间。我也知道，有很多人会质疑我的推理，我就坦白说吧，这都是我闭门造车造出来的。我也承认它很诡异，万一哪天被证伪了，我愿意接受任何惩罚。可是，今天我要绝对肯定地告诉你们，任何事物都在以两种方式存在着，没有什么是像它们看起来的那样牢固的。孩子们手里的石头，哪怕瞄准的是懒洋洋的站在树枝之间的麻雀，也会像水那样从指缝中溜走。"

德布罗意疯了。

一九〇五年，爱因斯坦提出光有"波粒二象性"时，所有人都觉得他走得太远了。不过，光毕竟还是非物质的，批评家们说道，会用这种怪异的方式存在倒也不是完全不可能。可物质就不同了，一个个都是实实在在的，怎么能拥有跟波一样的表现呢？不可想象，没有比这更对立的两样东西了。归根结底，一个物质粒子就好像一小粒金砂，仅存在于一个特定的空间，在世界上只占据着唯一的位置。我们是可以看到它的，可以确切知道它每分钟都在哪儿，因为它的质量是集中的。所以如果有谁把它扔出去，中途撞到什么了，就会弹回来，且着地也是在一个定点。而波呢，就跟海水一样，是广阔而浩大的，在一个巨大的表面上延展。正因如此，它同时存在于很多个地方，海浪打在岩石上的时候，也会绕开它继续前进。如果两个波浪遇上了，也会冲抵、消失，或是不受影响地穿过对方。而且，假如有个波浪拍上了海岸，也会遍及海滩的许多个地方，且不一定是在同一个时间。两种现象从本质上就是相反和对立的，表现截然不同。可德布罗意说，所有原子都和光一样，同时是波与粒子；时而是前者，时而是后者。

德布罗意的这个观点和当时普遍的认知是背道而驰的，评委会不知道怎么评价。一篇简简单单的博士论文就要求他们用全新的方式来看待物质，这是极为罕见的。组成评委会的有索邦大学的三盏长明灯：诺贝尔物理学奖得主让·巴蒂斯特·皮兰、著名数学家埃利·嘉当和结晶物理学家夏尔·维克多·莫甘，外加一名特邀教授，来自法兰西公学院的保罗·朗之万，可他们谁都理解不了德布罗意这个年轻人提出的革命性的想法。莫甘拒绝相信物质波的存在，而在给莫里斯·德布罗意的信里——他迫切想知道路易能否取得博士学位——皮兰写道："我唯一可以告诉你的是，你弟弟很聪明。"朗之万也一时语塞，但他寄了份副本给爱因斯坦，看这位物理学教皇能不能读懂这位法国翘鼻小王子都说了些什么。

爱因斯坦是几个月后才回他的。

耽搁了这么久，朗之万都以为他那封信寄丢了。在索邦大学的一再催促下，必须要做出最终裁决了，他只得又给爱因斯坦去了封信，问他有没有抽空读过那篇论文，里面的东西有没有意义。

回复是两天之后到的，德布罗意一下子就被捧上了神坛。在他那篇论文里，爱因斯坦看到了物理学的一条新路的起始："他掀开了大幕的一角，量子世界是我们这代人最大的困境了，而这是其中的第一缕微光。"

三、耳中的珍珠

一年后，德布罗意的论文落到了一位优秀却失败的物理学家手里，物质波在他脑中不断延展，被放大到了一个异乎寻常的比例。

两次世界大战之间的那段时期，困扰着整个欧洲的苦难，埃尔温·鲁道夫·约瑟夫·亚历山大·薛定谔亲身经历了一大半。他破产了，得了肺结核，父亲和爷爷在短短几年内相继去世，外加一系列个人生活和职业上的羞辱，最终断送了他的事业。

相较之下，他的大战岁月倒是惊人地平静。一九一四年，他作为军官，被派到了威尼托平原，去指挥奥匈帝国的一小支炮兵队。去意大利时，薛定谔是自掏腰包买了两把手枪的，可从没机会用到。他被转移到了意大利北部上阿迪杰地区的一处山中要塞，享受着新鲜空气，而在他脚下两千米的地方，不计其数的士兵挖起了战壕，并死在其中。

他唯一真正的惊吓发生在他在要塞塔楼上担任瞭望员的那十天里。薛定谔看着星星睡着了，一醒过来，只见一排光亮在山坡上前行。他一下子就弹了起来，从光亮覆盖的面积来看，至少有两百人，是他队伍人数的三倍都不止。可能要参与真正的战斗，他害怕极了，从房间的这头跑到那头，就是想不起来，哪种警报是他该发的。他正要去摇铃，突然意识到，那光亮是一动不动的，再用望远镜一看，原来只是圣艾尔摩之火：由于暴雨将至，要塞周围的铁丝网尖端堆积了静电，就冒出了等离子的"火苗"。薛定谔被彻底迷住了，他望着那些小小的蓝色光点，直到最后一处消失。终其一生,他一直都在怀念那串奇异的冷光。

他就这样无所挂念地度过了战争的日子,等待着从未到来的命令,撰写着无人阅读的报告,陷入了一种极端闲散的状态。他的下属都抱怨说,他不到午饭时间不起床,吃完又要睡上一下午的午觉。他二十四小时都很困,站不到五分钟。而且他似乎把战友们叫什么都给忘了,仿佛有什么腐蚀性的瘴气侵入了他的大脑。虽说他也尝试过用这闲暇时间翻翻同事从奥地利寄来的物理学文章,可他集中不了注意力;他的每一个想法都会绊在下一个上面,他都觉得,这乏味的战争是不是让他患上了精神病。睡觉,吃饭,打牌。睡觉,吃饭,打牌。这也叫生活吗?他在日记中写道。我都没在想战争何时结束了,这样一个东西,它可能结束吗?而到了一九一八年十一月,奥地利签署停战协议时,薛定谔回到的是一个被饥饿所围困的维也纳。

接下来的几年里,他眼看着他从中成长起来的世界彻底崩塌了:皇帝被废黜,奥地利成了共和国,他母亲在赤贫中熬过了生命的最后几个月,被盘踞在她乳房里的肿瘤啃噬着身体。薛定谔没能挽救他家族的油毡厂;战争结束了,可英国和法国的经济封锁仍在,它破产关门了。战胜国眼睁睁地看着奥匈帝国分崩离析,数百万人挣扎求生,没有食物和煤炭来过冬。一时间,维也纳的大街上满是残缺不全、身背战场幽灵的士兵们,被壕沟中的毒气所破坏的神经把他们的五官扭成了狰狞的形状；他们的肌肉抽搐着，旧军服上的奖章也跟着晃了起来，像麻风病院的铃铛一样叮当作响。管制着百姓的军队和他们所要平息的对象一样地虚弱和饥饿；他们每天收到的肉不足一百克，上面还会钻出白花花的肥虫。而当军队分发起从德国运来的那一丁点食粮时，现场总是一片混乱：某次骚乱中，薛定谔见众人把一名警察从马上推了下来；也就五分钟吧，那匹马就被围在那儿的上百个妇女大卸八块，一点肉也没剩下。

薛定谔靠微薄的工资生存着，偶尔会去维也纳大学教教课，剩下的时间则无所事事。他努力把叔本华给啃完了，并由此认识了吠檀多哲学，同时了解到，在广场上被肢解的那匹马，它惊恐的眼睛也是为它的死而哭泣的警察的眼睛，啃着生硬的马肉的牙齿也就是在山上嚼着牧草的牙齿，而那颗从马胸中掏出来的心脏溅在那些妇人脸上的正是她们自己的鲜血，因为所有个体的表现都只是梵天的映像，他才是世间一切现象背后的绝对的真实。

一九二〇年，他和安妮·伯特尔结了婚，但婚前洋溢在这两位情人间的幸福只持续了不到一年。薛定谔找不到好工作，而他妻子当秘书一个月的工资比他当老师一年挣得还多。他逼她辞了职，而他成了个流浪物理学家，从一个没钱的岗位跳到另一个更没钱的，还拖着他的老婆：他从耶拿去了斯图加特，从斯图加特去了布雷斯劳，又辗转去了瑞士。到了那儿，他似乎转运了，被任命为苏黎世大学理论物理的带头人，可才过了一个学期，他就因为急性气管炎而被迫停课，这也成了他肺结核的萌芽。他不得不去山里待了九个月，呼吸清洁的空气，和他妻子一起被送到了奥拓·赫维希医生开在瑞士阿尔卑斯地区的阿罗萨村里的一家疗养院，后来几年，每次他肺部状况恶化时，总会回这儿来待一段。这是他第一次来，在魏斯峰的阴影下接受了严苛的高海拔治疗，病几乎痊愈了，虽说留下了个谁都没法解释的后遗症：近乎超自然的听觉敏感。

一九二三年，薛定谔三十七岁，终于在瑞士安定了下来，过上了舒服的日子。他和安妮都有好几个情人，但都容忍着对方的不忠，平静地生活在一起。唯一让他良心不安的是他对才华的浪费。他从小智力优势就很明显：在学校里，他的成绩总是最好的，还不仅仅是他喜欢的科目，而是所有。他的同学们都习惯了，埃尔温什么都知道，以至于几十年后，其中有个人还记得小薛定谔没能答上来的唯一问题：黑山的首都在哪里？天才的名声一路伴随他来到了维也纳大学，他的本科同学在提到他的时候，用的词也是"那个薛定谔"。他对知识的渴求涵盖了科学的所有领域，包括生物和植物学，可他同时还痴迷于绘画、戏剧、音乐、语言学和经典作品研究。这种抑制不住的好奇，加上他在精确科学中展现出的显而易见的天赋，使得他的老师们都预言说，他会有个辉煌的未来。然而，随着时间一年一年地过去，那个薛定谔已经泯然众人。他发表的文章里，从没有哪篇是为学界做出过重大贡献的。他没有兄弟姐妹，也没跟安妮生过孩子，万一他在这个年纪死了，这个家族的名字也就永远消逝了。生理和智力上的双重不育让他想到了离婚；或许他该抛却一切，从头开始，可能他该把酒瘾给戒了，对女人不再见一个追一个；要么就干脆忘掉物理，一头扑进能唤起他激情的另一种事物里。也许吧，也许。这一年里，他大部分时间都在想着这个，可他做的唯一的事就是跟他老婆吵架，越吵还越凶，趁着她跟他同系的同事，荷兰物理学家彼得·德拜搞到了一起，还分外地热烈。他觉得没什么盼头，未来越来越灰暗了，也有越来越多的重复。这么一想，他就又一次地跌入到了大战时期把他摧垮的那种懒散里。

就是在那样的状态下，他接到了他系主任的邀请，请他开个讲座，讲讲德布罗意的理论。薛定谔以一种打学生时代起就从未有过的热情投入了这项工作。他翻过来倒过去地分析了法国人的研究，也跟爱因斯坦一样，当下就发现了王子这篇论文的潜力。他终于找到了一处可以下嘴的地方。做讲座的时候，他在整个物理系面前趾高气扬的，像在介绍他自己的想法：他解释说，量子力学，别看它造成了这么多的问题，它是可以用一个经典范式来驯服的。要探究这个尺度，根本不用改变我们学科基本的原理，不用一大一小两种物理学。而且我们都可以解脱了，那该死的神童，沃纳·海森堡，我们再也用不上他可怕的代数了！薛定谔说道。引起了同事们的一阵哄笑。如果德布罗意是对的话，所有原子现象就有一个共同的属性了，甚至说，它们不过是一种永恒基质的个体表现罢了，埃尔温放言道。可正当他要发表总结陈词，德拜生生把他打断了。用这种方式来看待波，德拜道，是相当愚蠢的。说物质是波构成的，这是一回事，但要讲明白它是如何波动的，就是另一回事了。但凡薛定谔先生说话还想保有一丁点的严谨，他也该拿个波方程出来。没有方程，那德布罗意的论文就跟他们那些法国贵族一样，既迷人又没用。

薛定谔夹着尾巴回家了。德拜可能是对的，可他的言论不仅粗野无礼，而且完完全全就是恶意的。狗屎荷兰人，我早就烦他了，瞧他盯着安妮的时候的那副样子吧，她怎么回看他的就不提了……狗崽子！埃尔温把自己锁在了书房里，喊着：来舔我屁眼儿啊！吃屎去吧！都他妈给我去死！他拿桌椅出气，摔书，直到一阵咳嗽叫他跪了下来，在离地几公分的地方喘着，用手帕捂着嘴。把它拿下来的时候，他就看见一摊血，像一朵盛放着的巨大的玫瑰。再也没有比这更明确的标志了：他的结核病复发了。

薛定谔是圣诞节前不久到的赫维希疗养院，发誓不研究出一个可以堵住德拜狗嘴的方程就不回苏黎世去。

他又搬进了上次的房间，隔壁住的就是院长奥拓·赫维希的女儿。这位院长把整个疗养院隔成了两个部分,一边住着重症患者,而另一边则是像薛定谔这样的病人。妻子死于分娩并发症之后,院长一直一个人过,照管着他青春期的女儿。这女孩儿四岁时就得上了肺结核,作为父亲的奥拓很自责,因为她从小就在病人膝下爬来爬去的。她曾目睹成百上千个和她患有同样疾病的人相继死去,可能也是因为这个,她浑身散发着一种超然的平静、清澄脱俗的气息;只有在她肺里的细菌醒过来的日子,这种气质才会被稍稍扰乱。到了那时,瘦得不成样子的她就会穿着沾血的裙子游荡在疗养院的走廊里,两边的锁骨似乎下一秒就要扎穿她的皮肤,就像初春时的鹿角。

薛定谔第一次见她的时候,她只有十二岁,但即便是在这个年纪,也叫他目眩神迷。在这点上,埃尔温也和其他患者一样,都着了这个怪女孩的魔;他们所有人发病和缓解的周期似乎都跟赫维希小姐同步了。她父亲觉得,这是他做了一辈子医生见过的最神秘的现象,可以类比动物王国的一些奇观,譬如椋鸟的同步飞行、蝉的狂欢,或是蝗虫的变态——这种孤僻温驯的昆虫突然就变换了尺寸,改换了性格,成了一场无法平息的灾害,它们可以夷平一整个地区,然后大量死亡,为生态系统提供过量的营养,叫当地的鸽子、乌鸦、喜鹊、野鸭和乌鸫吃撑到飞不起来。女儿健康的时候,院长敢打赌说,他不会失去任何一个病人;而只要她一发病,他就知道，马上要有空床了。这女孩已经不止一次濒临死亡，每到这个时候，她就像一夜之间变了个人一样：她会体重大减，仿佛缩水了一半，一头金发变得像新生儿一般纤细，而她的皮肤，平日里已经跟死尸一样白了，这会儿则是近乎透明。在生死世界间的来去剥夺了她童年的快乐，而回报给她的是远超她年龄的智慧。卧床数月，她不仅看完了她父亲的科学类藏书，连出院患者留在那儿的，以及慢性病人收到的那些赠书，也都被她一一读完了。不拘一格的阅读和持续的禁闭赐予了她异常清醒的头脑和一颗永不满足的好奇心。薛定谔上次来的时候，她就缠着他，问了许多关于理论物理最新进展的问题，她似乎紧跟着时事，尽管她和外界几乎没有接触，最远也就是去去疗养院周边。年仅十六岁的赫维希小姐，其心智、仪表和气场已经像个比她大得多的女人了。薛定谔则正相反。

他将近四十了，长得仍然像个年轻人，心气也像青少年。跟同龄人不同，他极不正式，穿得也像个学生而不是老师，这常常给他带来麻烦：有一次，他在苏黎世一家酒店用他自己名字订了房，可前台以为他是流浪汉，就不肯给他钥匙；还有一次，他去参加一场著名的科学会议——他确实受邀了——却被保安给拦住了，只见他满头是灰，鞋子上包着一层泥，原来他是爬山过来的，任何有身份的公民都会选择火车。而赫维希医生对于薛定谔这种有点反常规的性格是十分了解的，后者常会带着情人过来，但即便如此（或者说正因如此），院长对他尤其敬重，只要这位物理学家身体允许，两人就会出去滑上很久的雪，或是到附近去登山。那回薛定谔入院的时候，恰巧遇上这位医生时隔多年，终于想让他女儿融入社会生活看看。为此，他给她报了达沃斯最有名的女校，可入学的时候，她数学没考过。于是，薛定谔前脚刚踏进疗养院，院长就凑上去问他，能不能抽几个小时辅导一下他的女儿，当然，只要他的健康状况和工作安排允许。薛定谔尽可能礼貌地拒绝了这个请求，随后就一步两蹬地上了楼，只觉身后有什么东西在推着。从他感受到山间稀薄空气的第一分钟起，就有什么在他想象中成形了，而他知道，任何的分心，哪怕微乎其微，都有可能消解这种魔力。

他进了房间，没脱大衣和帽子，就坐到了桌前。他打开本子，开始记录他的想法，起初很慢，没什么条理，后来则快得像发疯一样，精神越来越集中，仿佛周围的一切都消失了。他一连工作了几个小时，没站起来过一次，背脊骨从上到下地痒，只有当太阳微露在地平线上，他累得都看不清纸上写的什么了，他才爬上床去，穿着鞋就睡着了。

醒来的时候，他不知道自己身在何处。他嘴唇裂了，耳朵里嗡嗡作响，头疼得像喝了一整晚的酒。他打开窗户，放了点冷空气进来，好让自己醒醒，紧接着就坐到了椅子上，迫切地想检查一下昨天灵光一现的成果。笔记翻着翻着，他的胃里就开始翻腾了：这都什么乱七八糟的！他从前往后、从后往前读了好几遍：全无意义。他看不懂自己的推导，不明白是怎么从上一步过渡到下一步的。而在最后一页上，他找到一个大致的方程，跟他要的那个很类似，可是跟前面的东西又没有任何明显的联系，就像有谁在他睡觉的时候偷偷溜进了他的房间，把它写在那儿了，给他留下了一个解不开的谜题，就光光只是想折磨他。而前一天晚上的脑力风暴，他此生最激烈的一次，放到此时再看，也跟可悲的自大狂发作，或是业余物理学家的胡话没多大差别。他揉了揉太阳穴，想让神经稳定下来，顺便赶走在他脑中嘲笑他的德拜和安妮，可他难受坏了。他抄起本子就往墙上扔，纸页都从脊骨上脱开了，散落一地。他烦透了自己，就换了衣服，低着头下到了餐厅里，随便找了张空位子坐下。

叫服务员过来点咖啡的时候，他才发觉，这是重症病人吃饭的时间。

他对面坐着的老妇，他最先注意到的是她细长的手指，那显然是由数个世纪的财富和特权雕琢而成的，而在她端着的茶杯背后，那张脸的下半部分已经完完全全被结核杆菌给腐蚀了。薛定谔试图掩饰恶心，可他就是移不开眼睛，生怕自己的身体也会遭遇这样的变形，在少部分患者身上确实会发生类似的情况，他们的淋巴结会肿得像一串葡萄。而这位夫人的不适传遍了整张桌子，只几秒钟的工夫，桌上半数的食客——和她一样被毁容的男男女女——都看向了这位物理学家，仿佛他是一条在教堂走廊上拉屎的狗。薛定谔正准备撤退，却感觉白色桌布下，一只手放上了他的大腿。这不是情色意义上的爱抚，却无异于一次电击，他立刻就恢复了镇定。他转头看向了手的主人——她的手指还在他膝头附近搭着，像只收拢翅膀的蝴蝶——见是赫维希医生的女儿。薛定谔没敢冲她微笑，怕吓跑她，用眼神谢过她之后，他就专心喝他的咖啡了，尽可能一动不动。与此同时，平和的气氛在他周围散播开来，从一张桌子到另一张桌子，就好像那女孩不仅触碰了他，在同一时间还触碰了在座的所有人。当整个屋里只剩下碗碟轻柔的碰撞声时，赫维希小姐把手收了回去。她站起身，捋了捋裙子上的褶子，朝门口走去，仅仅停下问候了两个孩子。这俩孩子是双胞胎，此刻都搂住了她的脖子，说不亲一下就不放她走。薛定谔又要了杯咖啡，可他没工夫品尝，就一直坐在那里。待所有人都走了，他到前台借来了纸笔，给赫维希医生留了个条子，说，帮他女儿补课这件事，他不仅愿意，而且很高兴有这个机会。

为了不影响薛定谔的作息，赫维希医生提出，可以在女儿的房间里上课，反正两个房间是通的，其中一面墙上嵌了个门。该上第一堂课的那天，薛定谔打扮了一上午。他洗了个盆浴，仔细刮了胡子，本想让头发就那么散着的，后来还是梳了，他知道，自己又高又宽的额头常会给女人留下深刻的印象。他简单用了顿午餐，到下午四点的时候，他听见门那边的锁头响了，接着是两下几乎听不见的敲门声，他突然勃起了。为此，他不得不坐了下来，等了几分钟，才转动把手，踏进了赫维希小姐的房间。

一进屋，薛定谔的鼻子火速充满了木头的气味，虽说墙上的橡木镶板几乎是被上面挂着的成百上千只甲虫、蜻蜓、蝴蝶、蟋蟀、蜘蛛、潮虫和萤火虫给彻底挡住了。它们或是用大头针钉着，或是装在小玻璃罩里，模仿着它们自然栖息的环境。而在这个巨大的昆虫馆中央，赫维希小姐正坐在一张书桌后面看他，仿佛他是她的又一个标本。这女孩放射出的那种威压感让埃尔温瞬间觉得，他才是那个羞怯的学生，而他迟到这件事让面前这位老师感到不耐烦了；他很夸张地朝她行了个礼，她忍不住笑了。物理学家得以窥见了她小小的牙齿和微微外分的门牙，而只有到了这一刻，他才看清她的真面目：她也就是个孩子。他一想到从餐厅偶遇开始自己萌生出的那些幻想，就羞愧不已。他拉了把椅子过来，紧接着就看起了入学考试的那些题。女孩思维很快，埃尔温惊讶于有她陪伴时的快乐，虽说他对她的欲望已经消散了。他们学了两小时，几乎没有说话，而等她解完最后一题，两人敲定了下一次课的时间，女孩倒了杯茶给他。薛定谔喝着茶，女孩就把她爸爸抓来、她负责制作和保存的昆虫拿给他看。而当她暗示说，她不想再多占用他时间的时候，薛定谔才意识到，天已经黑了。他是在门槛上跟她道别的，又像开始一样行了个屈膝礼，赫维希小姐也又笑了，跟第一次一样。再然后，埃尔温就回到了自己的房间，自觉可笑极了。

他累坏了，可又睡不着，眼一闭，就会看到赫维希小姐伏在书桌上的样子，蹙着鼻头，用舌尖润湿着嘴唇。他只好起床，把前一天早上扔到地上的纸又捡了起来。他想把它们排好的，可连这个都大费了他一番工夫。他已经分不清是从哪个推出哪个了，唯一清楚的只有最后一页上的那个方程，它完美地捕捉到了原子内部电子的运动，尽管乍一看，跟前面写的没有丝毫的关系。他从来没有碰到过这种事。他怎么能创造出一种连他自己都不懂的东西呢？这也太荒谬了！他把那几张纸又夹回到了散开的本子里，把本子锁进了抽屉。然而，他还不想认输，就研究起了他六个月前开始写的一篇文章，讲的是他在战争中碰到过的一个奇异的声音现象：一次大爆炸过后，声波在远离初始点的过程中不断减弱，可在约五十公里的地方，又突然变强了，像重生了一样，且力度比开始时还要大，就仿佛它在空间中前进，同时在时间轴上又倒退了。对薛定谔来说——他有时都能听见旁边人的心跳——已经熄灭的声音的这种不可思议的再生让他十分着迷。可哪怕他再努力再用心，顶多二十分钟，他的思绪又会回到赫维希小姐身上。他爬回到床上，往嘴里塞了把安眠药。当天晚上，他做了两个噩梦：第一个，一波巨浪冲碎了他的窗玻璃，把房间整个儿都淹了；第二个，他漂在一片汹涌的海上，离海滩只有不几米，他筋疲力尽，勉强能把鼻子抬到水面上，可他不敢上岸：有位美女正在沙滩上等他，她皮肤黑得像炭，正在她丈夫的尸体上跳着舞。

虽然做了两个梦，他起来的时候心情不错，精力也充沛，他知道，十一点的时候，赫维希小姐会等他去。然而，实际见到她的时候，他就发觉，她的状态撑不了一节课。她面容苍白，眼窝发黑，说她几乎一整晚都在帮他爸爸观察，一只雌性蚜虫是怎么生下几十只幼虫的。很神奇，但也很可怕的是，女孩告诉他，那些幼虫，只过了几小时，就又能开始生育了；也就是说，当它们还在自己母亲体内的时候，它们的肚子里就已经在孕育下一代的幼虫了。三代蚜虫一代套着一代，像恐怖版的俄罗斯套娃，形成了一个超个体，展示着自然界生殖过剩的倾向。有些禽类孵化出的后代会多于它们有能力养活的，就逼迫大一点的雏鸟去杀掉它们的弟妹，把它们推出巢外。某些鲨鱼更糟，赫维希小姐说，比如小角鲨，他们在母亲子宫里的时候就是活的了，牙齿已经发育到了足以吞吃后孵化的那些幼鲨；这样的兄弟相残会给予它们足够的营养，撑过它们最初几周的生命，那会儿的它们还很脆弱，会成为某些鱼的肉饵，而等成年之后，它们会反过来以那些鱼为食。在她父亲的指导之下，赫维希小姐把三代蚜虫分装到了三个玻璃瓶里，瓶里被灌入了杀虫剂，后者会把玻璃染成一种美丽的蓝色，让人以为见到了天空的原色。那些虫子差不多是当场就死了，她做了一整晚的梦，眼前都是它们覆着蓝色粉末的小脚，所以几乎没有休息。她没法集中精力上课，她说，但有没有可能请薛定谔先生陪她绕着湖走走呢，看冷空气能不能帮她恢复点体力。

外边是一派冬景。湖的边缘冻了起来，薛定谔饶有兴致地捡着那些小小的冰粒，看它们慢慢融化在他温热的手里。绕到湖的最远端时，赫维希小姐问他在研究些什么。薛定谔跟她讲起了海森堡的想法与德布罗意的论文，又谈到了他来院里的第一天晚上那所谓的顿悟和他诡异的方程。乍一看，它很像物理学家用来分析海浪，或是声波在空气中的传播的方程，可是，要让它适用于原子内部，适用于电子的运动，薛定谔就不得不在他的公式中引入了个复数：-1的平方根。从实际上讲，这就意味着，他的方程所描述的波，部分脱离了三维空间。它的波峰和波谷位于一个只能用纯数学描述的高度抽象的王国，是在多维中旅行。正因如此，哪怕再美，他的波也不属于这个世界。他的新方程成功地把电子描述成波了，这点他很清楚，问题是，它是怎么他妈的动的呢？当他讲这些的时候，赫维希小姐已经坐到了湖边的一张长凳上。物理学家挨着她坐下，她打开手中的书，把其中一段念了出来："鬼魂一个接着一个，像生与死的幻觉之海中的浪。生命里什么也没有，除了物质与精神的各种形式的升降,而不可探知的真实永存。每个造物中都沉睡着无尽的、不为人知的隐秘的智慧,可它注定是要醒来的,撕碎感官思维的那张轻薄的网,搅碎它的肉蛹,征服时间和空间。"薛定谔听着听着,就发觉,这正是他痴迷多年的想法,而赫维希小姐告诉他,去年冬天,有个作家来院里住了段时间,那人在日本待了四十年,皈依了佛教,她东方哲学的第一课就是他教的。那天下午余下的时间,薛定谔和她谈起了印度教、吠檀多和大乘佛教,热情高涨——两人在毫无征兆的情况下发现了一个共同的秘密。当两人看见一道闪电照亮了远处的群山,赫维希小姐说,他们得赶紧回去院里,不然要被暴雨淋了。薛定谔想找个理由不让她走,这不是他第一次迷上一个这么年轻的女人,但赫维希小姐不一样,她身体里有种东西,让他原地缴械,卸下了他所有的自信,以至于到了院里的楼梯下面,他都不知道该不该把胳膊伸过去给她扶,而他一犹豫,就在楼梯边缘滑了一下,扭到了脚踝。大家不得不用担架把他抬回了房间,他脚肿得厉害,是在赫维希小姐的帮助下才得以脱了鞋子上了床。

接下来的那几天里,赫维希小姐同时扮演着护士和学生的角色。早上,她会给他送饭、拿报纸、逼他喝下她爸开给他的药、借个肩膀给他,好让他跳着去上厕所。这短暂的接触让薛定谔心心念念,他一天能喝上三升水,只为找到个靠近她的借口,而这些无谓的移动所造成的痛苦都被他抛在了脑后。而到了下午，他们会继续上课。第一天，她是搬了把椅子坐在床脚，可薛定谔要费很大力气才能看到她的练习簿，于是她就坐到了他边上，近得他都能感觉到她身上散发出的热量。他几乎抵挡不了触碰她的渴望，可他还是竭尽全力一动没动，怕吓到她，尽管这种过分熟悉的感觉似乎完全未令她困扰。她一出房间，他就会自渎，他闭上眼睛，还能看见她坐在他身旁，但完事之后，他又会有种巨大的负罪感。没有她的帮忙，他走不到厕所，于是只能用藏在床下的一条毛巾略微清洁一下，像个和爸妈一起住的少年。每次他这么做的时候，都会暗自发誓，第二天一定要跟赫维希医生说，把课给停了，还要给他老婆打电话，叫她来接他，他再也不到这疗养院来了，哪怕像流浪汉一样咳死在街上。怎么都比这幼稚的迷恋来得好，而两人在一起越久，这种情感就越强。当她把一本精美的插图版《薄伽梵歌》送给他时，他放胆向她坦白了研习《吠陀》以来就一直在折磨他的一个反复出现的梦。

在那个噩梦里，伽梨女神像只巨大的甲虫，坐在了他的胸口，压得他无法动弹。她戴着她的人头项链，用诸多手臂挥舞着剑、斧和匕首，把舌尖的鲜血和从肿胀的乳房中喷出的乳汁都溅到了他的身上。与此同时，她还在摩挲着他的裆部。他经不住挑逗，就硬了起来，而就在这一刻，她斩断了他的生殖器，把它吞了下去。赫维希小姐面不改色地听他讲完了，又告诉他，这不是噩梦，是祝福：在所有女性形象的神里，伽梨是心最善的，因为她给予孩子们的是解脱，她爱他们，这种爱超越了人类的理解。她黑色的皮肤，她说，就是超越形体的虚空的象征，那是孕育了所有现象的子宫。而她的头骨项链则是她从身份认同的主要客体中解放出来的东西，不是别的，正是肉身。薛定谔被黑色地母所阉割，这是人能收到的最大的礼物了，只有经历了这样的切断，他的新意识才能冒头。

每天被幽禁在床上好几个小时，没有任何东西可以分散注意力的薛定谔在他的方程上取得了极大的进展。随着它越来越接近最终版本，它的强大以及它涵盖的范围之广都开始显现了出来，而它在物理方面的意义也让薛定谔觉得愈发怪异和不解。在他的计算里，电子像云一样弥漫在了原子核周围，像波一样困在了泳池的四壁之间。可是，这种波是真实现象吗，还是说，只是个计算技巧，可以算出电子每时每刻都在哪里？而更难理解的是，他的方程不是一个电子对一个波，而是一个电子对着许许多多的波，且都是叠加在一起的。所有这些波描述的都是同一个客体吗，还是说，每个波都代表着一个可能的世界？薛定谔倾向于后者：这些波是对某种全新事物的一瞥，其中的每一个都标记着电子从一种状态跃迁到另一种状态时生出的宇宙的短暂的闪烁，它们会不断分出枝杈，直至无限，就像因陀罗网上的宝珠。然而这是不可想象的。他绞尽脑汁也没有搞明白,他原本的意图是那样的,怎么就偏成了这样。他本想简化亚原子世界的,他寻找的是万物共有的属性,却制造出了一个更大的谜团。沮丧让他无心工作,除了脚踝上的痛,他满脑子只有赫维希小姐的身体。她这两天都没有来上课,去帮她父亲准备圣诞节的庆典了。

平安夜,院里所有的病人,不管病成什么样,都会参加到一个庆典之中,而随着时间的推移,这个庆典也变得越来越复杂。它涵盖了全欧洲甚至黎凡特以东的各种习俗、业已消逝的异教的小仪式,它们庆祝的不是基督降生,而是冬至,十二月二十一日北半球最长最黑暗的夜晚已经过去了,光明得以回归。病人一成不变的作息中止了,他们像罗马农神节那样,半裸地走在走廊上,吹哨,敲鼓,摇铃,然后选择自己的化装,去参加一场盛宴。薛定谔讨厌这种庆祝,赫维希小姐回来上课的时候,他做的第一件事就是跟她抱怨这低能儿的狂欢制造出的地狱般的噪音弄得他整晚都睡不着。而在物理学家惊异的目光里,赫维希小姐把耳环摘了下来,拿到嘴边,从扣针上咬下了珍珠,用裙摆擦了擦,俯身把它放进了他的耳朵。她告诉他,她自己偏头痛时也会这样,让他留着,感谢他为她付出了这么多的时间。薛定谔问她今年参不参加庆典,心里想着她裸着身子、戴着面具的样子,尽管他知道,她从来都不去。她坦言道，她讨厌圣诞节，院里死人最频繁的就是这个时候，连筵席的迷醉和舞蹈的狂热都不能让她忘记这么多的死亡。薛定谔想要回答她的，可她突然往后倒在了他的床上，仿佛有颗子弹射中了她的胸口。"知道我出去以后要做的第一件事是什么吗？"她笑问道，脸上像在发光，"我要喝醉了，跟我能找到的最丑的男人上床。""为什么是最丑的？"薛定谔问道，把珍珠从耳朵里掏了出来。"我希望第一次只属于我。"她转过头来，看着他的眼睛。薛定谔问她，难道她从没跟男人一起过吗？"没有男人，没有女人，没有动物，没有鸟，没有兽，没有神，没有魔鬼，没有生物，没有灵体，没有那个，没有这个，也没有别的。"赫维希小姐一边念叨着，一边慢慢坐了起来，像具尸体渐渐回到了活人的世界。薛定谔再也忍不住了，说她是他见过的最迷人的造物，从她在餐厅里碰过他之后，他就被她彻底迷住了。他们共度的这一点点时间是他近十年来体验过的最大的幸福，只要一想到她，他全身就会充满能量，而回去苏黎世的念头让他十分恐惧，因为他确信她会通过入学考试，马上要开始她的寄宿生活，他就再也见不到她了。赫维希小姐平静地听他说着，眼睛看着窗户；玻璃的另一边，一排无穷无尽的小光点正从山谷蜿蜒而上，去往魏斯峰顶，千万火把随着朝圣队伍的行进和太阳消失在地平线上而变得愈发耀眼。"小时候，我对黑暗有种无法控制的恐惧，"最后，她说道，"我会整晚醒着，看书，点上我爷爷送的蜡烛,只有天亮了才能睡着。那段时间我身体太弱了,我爸都不敢罚我,那他是怎么解决的呢,他告诉我,光是一种有限的资源,用多了就没了,黑暗就将统治万物。出于对无尽的黑夜的惧怕,我熄掉了蜡烛,但与此同时,我也养成了一个更怪的习惯,我会在天黑之前上床。夏天不难,太阳很晚才落山,我全天都可以利用,可到了冬天,吃完午饭没几个小时就要上床了,而且一年到头,最糟的就是冬至这个晚上。院里就那么几个小孩,会一直玩到半夜,在走廊里跑啊、跳啊,而我呢,得等到第二天早上才能去捡他们在黑暗中掉到地上的糖果,用被踩过的装饰彩条编花环。到我九岁的时候,我决定直面我的恐惧。就是在这个房间里,面对这扇窗户,我站着,看太阳坠落在地平线上,快得像被一种超越引力的力量所牵引,仿佛它厌倦了闪耀,要永远熄灭了。我正想钻到被子里去哭去,就看见了路上的火把。我还以为是我的想象呢,因为那段时间,我总把梦和现实混在一起,可随着那些光点越升越高,我看清了那些手拿火把的人的轮廓。只见他们把一个巨大的木雕点着了,男男女女都围着它跳起了舞。我打开窗,听见他们的歌声被山里冰冷的气流给送了过来,无比地清晰。我以最快的速度穿上了衣服,求我爸带我到篝火那儿去。他见我这么晚还醒着,吓了一跳,就把一切都丢下来陪我。我俩一起走了过去,手拉着手,我手心都出汗了,虽然很冷;后来我们每年都会过去,也不管天气如何,我的健康状况怎么样，仿佛这是个契约，我们得一次又一次地续签。而今天，将是我们第一次没有过去。已经不需要了。那团火已经燃烧在我心里，把以前的我给烧尽了。我对事物的感觉变了，我和他人之间已经没有任何纽带了，也没有需要珍视的回忆，或是催我前进的梦想。我爸，这个疗养院，这个国家，群山与风，从我口中说出的词句太远了，像一个死了千百万年的女人的一场梦。这具身体，你见它醒来、吃饭、生长、行走、说话和微笑，但除了灰烬之外，它什么都没有剩下。我对黑夜的惧怕已经消失了，薛定谔先生，您也应该这么做。"赫维希小姐站了起来，走向她的房间。她在门槛上定了一秒，把全身重量都压到了门框上，像是骤然失去了所有的力量。薛定谔求她别走，想起身去够她，可还没等他迈出第一步，她已经过到了对面，把门关上了。

那天晚上余下的时间，他耳窝里装着那对珍珠，忘不了女孩把它们拿到嘴边时的样子，咬开扣针时紧张的嘴唇，取下珍珠时晶莹的唾液。供认使他屈辱，失眠让他绝望，他把珍珠又挖出来拿到了手里，开始自渎。喷射的瞬间，他听见赫维希小姐呕出了一串似乎永无休止的咳嗽，他一瘸一拐地跑向了水槽，为自己的所作所为感到恶心。他一遍又一遍地刷洗着那对珍珠，求水流重现它们的光亮，又把它们放回到耳朵里，如今已不是为了对抗庆典的喧嚣了，而是为了阻挡隔壁止不住的干咳，他听了一整晚的咳嗽，都不知道这痛心的断奏是源自他深爱的女人的喉咙，还是他自己的臆想，因为都第二天早上了，他还能听见它，就像漏雨，规则而令人发狂，更有甚者，它像是潜进了他自己的身体，他开始一动就咳，以至气喘吁吁。

他再次遵循起病人的作息。

泡游泳池，裹着毛皮躺在户外，让山间冰冷的空气和桑拿炽烈的热浪灼烧着他的肺；精油开背，拔火罐，和院里的其他患者一起从这个厅走到那个厅。严苛的重复性治疗成了他全部的生活，他却感到了一种安慰。而这一切给予他的唯一真正的好处是，他的脚踝几乎奇迹般地恢复了。很快他就能不用拐杖自己走了，于是他就可以尽可能少地待在自己的房间；这让他轻松了不少，因为他是能听见隔壁痛苦的喘息和呻吟的，清楚得就好像跟她躺在同一张床上。到了晚上，他会去跟另一个女孩睡觉，她是院里泳池的救生员，病人们会付钱跟她上床，赫维希医生对此睁一只眼闭一只眼。白天没有治疗活动的时候，薛定谔会像梦游症患者一样在院里游来荡去，漫步在无尽的走廊里，不去想赫维希小姐，不去想他的方程，或是想他的老婆——这几周她肯定在不停交媾呢，而他却在幻想着一个少女。他想到一康复就要回去上课了，枯燥地重复那些东西，学生空洞的眼神，在手中慢慢解体的粉笔的肌理，突然间，他就像看到了未来所有的生活、一系列同时发生的平行的场景、在所有可能的路径上不断分叉的各种可能性：其中一个分支上，他与赫维希小姐私奔了，共同开启了一段新生活；另一个分支上，他的健康状况急转直下，在疗养院中奄奄一息，淹死在自己咳出的血里；第三个分支上，他老婆抛弃了他，他的研究却开花结果；而在大部分分支里，他还是走着迄为止的那条老路，维持着跟安妮的婚姻，在欧洲的某所不知名大学教课，直至死神降临。被郁闷击倒的他下到了一楼，来到院子里，想呼吸一下新鲜空气。他毫无心理准备，外边竟是这样一派荒凉的景象，仿佛有谁把整个世界都抹掉了。原本是湖的地方，周围应该有圈树的，还有远山衬着，而今所见却只是一块巨大的裹尸布，一层雪，这么白，这么均匀，风景的痕迹一点都没剩下。所有的路都堵上了。薛定谔想走也走不了。他只能又钻回到院里，怀着一种难忍的禁锢感与幽闭恐惧。

随着新年的临近，他的健康每况愈下。被发热支配的他不得不中止了散步，转为卧床休息。他的皮肤变得尤为敏感，连被子的摩擦都会叫他难受。只要他一闭眼，就能听见餐厅里勺子的碰撞、游戏室里象棋的移动和厨房中蒸锅的嘶叫。他不仅没有回避它们，还把注意力都集中到了那上头，试图以此淹没赫维希小姐的气息；那小股的空气只能将将钻进她发炎的喉咙，都没法充满她的肺部。薛定谔只想推倒隔开两人的那道门，把那得病的女孩抱在怀里，可他得克制住那股冲动；他都凑不足体力去写下他正式提出方程的那篇论文的标题。他已经下定决心了，就这么原封不动地把它发表出来吧，让别人琢磨它的意义去，假定它真有什么意义的话。坦白说吧，他已经无所谓了：赫维希小姐每咳一下，他周身就会一阵控制不住的抽搐。这复发现象似乎影响的是整个疗养院，保洁员已经两天没来打扫房间了，而当他打去前台投诉时，人告诉他说，大家都在忙着处理更要紧的事情。今早死了两个孩子，就是薛定谔之前在餐厅里看到的那对双胞胎，吊在赫维希小姐脖子上的那俩。薛定谔无处发泄，只能请他们道路一能走了就通知他，他只想尽早离开。

次日，天降暴雪，薛定谔整个白天都躺在床上，看雪片在窗沿上越积越厚，看着看着就又睡着了。叫醒他的是两记敲门声。他顶着乱蓬蓬的头发，穿着沾有食物残渣的睡衣就去开门，可门外那个男人的状况看着比他还要糟得多；赫维希医生就像是薛定谔见过的刚从战壕中归来的士兵，眼睛都是浑的，蒙着一层芥子气的雾。这位东道主跟他道了歉，说他房间这么乱也没人过来打理，这是不可原谅的，可疗养院正在经历一场真正的危机。前台已经告诉他了，说薛定谔想走，他现在只不过是来转达他女儿的口信：他有没有可能在临走之前再给她上最后一堂课呢？医生讲这话时，眼睛是看着地的，仿佛他提出的是个罪孽深重、不可饶恕的请求，而薛定谔几乎掩饰不住他的热切。当医生说，他真不想麻烦他，他完全可以理解，他要求得是太多了，薛定谔笨拙地就穿上衣服，说一点不麻烦，恰恰相反，他很高兴有这个机会，而且他现在就可以去，立刻马上，有五分钟梳梳头就好了，都不用五分钟，只要找到鞋子，该死的鞋子放哪儿了！看他跌跌撞撞地绊到这儿绊到那儿，医生面无表情，只有失去了这世界上最珍贵的东西的人才会摆出这样一张脸。对此薛定谔很不解，直到他看到了赫维希小姐。

她脸色苍白，骨瘦如柴，陷在一大堆靠垫里，它们围着她摆了一圈，像一朵魔花的花瓣。她看着太瘦了，薛定谔不禁自问，难道他俩的时间不一样快吗；就这么几天，一个人不可能发生这么大的变化吧？她脖子上的皮肤都变透明了，静脉清晰可见，薛定谔都能目测她的脉搏。她的额头上渗着汗，双手因发热而颤抖着，身形似乎缩到了九岁女孩的大小。薛定谔没敢进屋，他愣愣地站在门槛上，而赫维希医生就等在他身后。终于，女孩睁开了眼睛，向他投来了和第一节课时相同的责怪的目光。她对她爸爸说，让他们单独待会儿吧，又叫薛定谔坐下。

薛定谔正要去搬椅子，女孩拍了拍身边的床垫，示意他坐到床上。他不知道该看哪里好，他没法将自己一直梦想的那个女人跟眼前这个对起来。她请他看看她的作业时，他才长出了一口气，她把上次的题给做完了。薛定谔看着那些练习题，而他刚拿起那本本子时，仿佛都理解不了那些数字。他自己给她出的最简单的方程，学校里教的那种，他都解不开，就迷茫到了这种程度。为了掩饰，他找出了其中唯一有点难度的题，请她讲讲，她是怎么得出那个解的。赫维希小姐说她讲不出，解是自己跳出来的，她花了很大力气往回推导，才写出了这些过程。薛定谔坦白说，他以前也有这个毛病，但进了大学，为了满足老师的要求，就抛弃了这个靠直觉计算的习惯，只有到了最近，他才放飞直觉，结果它飞得太远，都找不到回来的路了。赫维希小姐问他，方程有进展吗？薛定谔站了起来，开始来回踱步，讲起了他公式里最怪异的地方。

乍一看，他说，它很简单，应用在一个物理系统里的时候，可以描述它未来的演变，那如果用在像电子这样的微粒上呢，就可以展示出它所有可能的状态。问题就在于它的核心术语，即方程的灵魂，薛定谔称之为波函数，用希腊字母 ψ 来表示。人在一个量子系统中可能希望获取的信息全都被编集到这个波函数里了。可薛定谔不知道它是什么，它有波的形状，却又不可能是真实的物理现象，因为它的运动不在这个世界上，而是在一个多维空间里，又或者它只是数学的造物。唯一不容置疑的是它的强大，它能做到的事几乎是无限的。至少最一开始，薛定谔想把他的方程应用于全宇宙，作为其结果的波函数将把万物的演化都囊括其中。可他要怎么说服别人它存在呢？ψ 是监测不到的。它不会在任何仪器上留下痕迹，最精细的设备都捕捉不到它，最先进的实验也不行。这是个全新的东西，其性质与我们可以毫厘不差地描述的世界是完全不同的。薛定谔也知道，这就是他渴望了一辈子的发现，可他不知道该怎么解释，他的研究没有建立在任何已知的事物上，这方程本身就是个开始，是凭空从他的脑子里冒出来的。而当他转过身去，想看看赫维希小姐跟不跟得上他冗长的演说时，他见女孩已经睡熟了。

薛定谔发现，她美得一如往常。他挪开了她身旁的靠垫，帮她把落到脸上的那绺头发往后拨了拨，突然忍不住想碰她。他轻抚过她的脖子、她的肩膀、她的锁骨，沿着她睡衣的吊带来到了她胸部小小的弧度，又绕着他想象中乳头的所在转了一圈。他下到了她的肚脐，在距离她阴部几毫米的地方停了下来，颤抖着，再不敢往前了。他闭上眼睛，屏住呼吸，听着赫维希小姐断续的喘息声；再次睁开的时候，她把她盖着的被子一掀，只见她已变身为了他噩梦中的那位女神，满覆着痂和脓疮的一具黑皮尸体，那骷髅头咧开了嘴，舌头耷拉在外面，双手则扒开了她萎缩的阴唇，在那儿，一只巨大的蜈蚣被缠在了一丛白毛里，正扑腾着双腿。那幻觉只持续了几分之一秒，被子就又盖回到了赫维希小姐身上，她似乎一直睡着没有醒，薛定谔则落荒而逃。他收拾起他的文件，没付账就逃出了疗养院，拽着行李，顶着狂风赶往火车站，也不知道铁路是否仍因大雪而封闭。

四、不确定性的王国

在苏黎世,薛定谔不仅恢复了健康,而且似乎冷不丁地就被天才附身了。

他拓展了他的方程,把它变成了一种完整的力学,仅用六个月就写成了五篇相关的论文,且一篇比一篇精彩。马克斯·普朗克是第一个提出量子存在的人,他写信给薛定谔说,他读到那些论文时,是怀着一种"无比喜悦的心情,就像一个孩子,被一道谜题难住了好多年,终于听说了它的答案。"保罗·狄拉克就更过分了:这个古怪的、拥有传奇数学能力的英国天才说,奥地利人的方程几乎涵盖了当时已知的所有物理学,以及化学——至少可以说基本是这样。薛定谔已经触到了天堂。

没有人敢否认全新的波动力学的重要性,虽说也有些人开始思考起了薛定谔在赫维希山庄里就曾思考过的问题。"这是真正美妙的一个理论,是人类发现的最完美、最精确、最美丽的理论之一。可它有个很奇怪的地方,就好像在警告我们说:'别太把我当真啊。我展现给你们的世界不是你们在用我的时候所以为的那个世界。'"这是罗伯特·奥本海默说的,他是最先对"波函数描述了怎样的现实"提出质疑的人之一。与此同时,薛定谔在欧洲各地宣讲着他的观点，收获着掌声，直到他碰上了沃纳·海森堡。

慕尼黑的那个大礼堂里，还没等奥地利人讲完，他年轻的对手就冲上台来，擦起了黑板上的算式，继而用他可怕的矩阵取代了它们。在海森堡看来，薛定谔那套东西是倒退，是不可原谅的。人不能用经典物理学的手段来解释量子世界。原子不是简单的弹珠！电子不是水滴！薛定谔的方程可能是美，是有用，但他在根本上就错了，他没有认识到物质在这种尺度上的极端的怪异。让海森堡愤怒的还不是波函数（谁他妈知道这是什么东西），而是一个原则问题：尽管所有人都被奥地利人送来的这个工具迷倒了，可他知道，这是条死胡同，是没有出路的，只会让他们远离真正的理解。因为他们谁都没敢像他在赫尔戈兰受难时那样，用量子的方法思考，而不仅仅是用它计算。海森堡越喊越响，试图压过众人的嘘声，未果。而薛定谔则无比平静，他这辈子第一次感觉完全控制了心智。他坚信他的研究有着不容置疑的价值，所以就让这个德国青年吵吵去吧，连给他挠痒痒都算不上。而在活动主办方应在场所有人的要求把海森堡推出去之前，薛定谔对他说道，这世界上无疑是有一些东西不能用常识性的类比来思考，但原子的内部结构不在此列。

海森堡挫败地回了家，但他没有认输。接下来的两年里，他在各种研讨会和期刊上攻击薛定谔的观点，可他的对手似乎更得命运的眷顾。作为两人缠斗中的致命一击，薛定谔发表了篇文章，证明了他的研究和海森堡的研究在数学上实际是等同的。如果应用在同一个问题上，得到的结果完全一样。他们只是用了两种不同的方法去面对同一个客体，而他那种方法有个巨大的优势：可以直观地理解。要看到亚原子微粒，并不用像年轻的海森堡很喜欢说的那样：把眼睛挖出来。闭上它们就行了，让想象驰骋。"所以谈起亚原子理论，"文章末尾，薛定谔写道，仿佛在当着海森堡的面嘲笑他，"我们完全可以用单数。"

海森堡的矩阵力学是注定要被遗忘的，他在赫尔戈兰的顿悟都挤不进科学史的后记。感觉每天都有人发表新的论文，介绍的都是用他的矩阵求来的解，可惜都被翻译成了薛定谔优雅的波语言。当海森堡用自己的矩阵推不出氢原子的光谱，被迫求助于对手的理论时，他的仇恨到达了顶点：计算时，他把牙齿咬得吱嘎响，像是要把它们一个个地都咬碎了。

尽管他还十分年轻，他父母还是常给他施压，叫他别浪费才华了，就在德国谋个教职吧。海森堡去丹麦待过一阵，给尼尔斯·玻尔当助手，就住在哥本哈根理论物理学玻尔研究所顶上的一个窄小的阁楼里。它的天花板是斜的，他走路得弯腰。日常提醒他，在那位丹麦物理学家面前，他永远是个"代孕的"——他父亲的话。

玻尔和海森堡有很多共同点：和这位学徒一样，丹麦人的名声也是源自他论证时近乎蓄意的隐晦。尽管他得到了所有人的尊重，但也有许多人说，他的观点有个倾向，它们更像哲学而不是物理学。玻尔是第一批接受海森堡新假说的人，可他同时也是他助手的挫败感的恒久不变的源泉，因为，他提出了一个新原理，他称之为互补原理，把薛定谔的波和海森堡的矩阵拼到了一起。

玻尔不仅没有尝试解决两种力学间的矛盾，还同时拥抱了它们。他认为，基本粒子的属性产生于一种关系，只有在特定背景下才有效，所以无法缩减到单一的观点。用一种实验去测量，它们可能会展现出波的性质，而换用另一种，就可能表现为粒子。这两种观点是排斥和对立的，但同时也是互补的：其中的任何一种都不是世界完美的反映，都只是它的一个模型。而把两者相加，我们会得到一个更完整的自然的图景。海森堡讨厌互补性。他确信，应该发展出一个单一的概念体系，而不是两个相互矛盾的。为了做到这点，他怎样都可以；如果理解量子力学的代价是拆毁现实的概念，他愿意。

工作时，他会把自己锁在房间里，低着头，佝偻着肩，从这头踱到那头，而不工作时，他会跟玻尔争论到天亮。两人间的论战持续了好几个月，而且越变越激烈。当发现海森堡吼他吼得都失声了，玻尔决定把他的寒假提前，好躲着这位愤怒的学生，后者的固执只有他自己才能匹敌，而他也开始讨厌起了这种性格。没有了玻尔的反对，海森堡只能独自面对他的恶魔了，而他很快就成了自己最大的敌人。他会陷入长时间的独白，把自己一分为二，先是阐述自己的立场，而后是玻尔的，而且讲的时候是同样地慷慨激昂，很快他就能完美模仿他老师令人难以忍受的卖弄了，像是患上了多重人格障碍。他会背弃他自己的直觉，把他的数列和矩阵扔到一边，尝试把电子想象成一束波。薛定谔的方程如果应用在绕核旋转的电子上，究竟在描述些什么呢？不是一个实际的波，这点毫无疑问，要多出好几个维度了。或许它表示的是这个电子可能处在的所有的状态？它的能级、速度和坐标？而且还是同一时刻的，就像许许多多张照片，全都叠加在了一块儿。有几张聚焦得更好些，就是这个电子最可能的状态。那难道说，这是一个由概率组成的波吗？一个统计分布？先前法国人是把波方程翻译成了 densité de présence[①]。这就是用薛定谔的力学所能看到的一切了：模糊的图像，浑浊而不确定的幽灵般的存在，某种不属于这个世界的事物的痕迹。然而，把薛定谔的观点和他自己的观点放到一起思考，又会发生些什么呢？答案似乎很荒谬，又因此而变得十分有趣：一个电子同时是被限定在某一点上的粒子和一束在时间空间上延展的波。这么多的悖论把他搞晕了，没法打败薛定谔的理论，又很气，他决定出门，到大学

---

① 法语，意为"存在的密度"。

周围的公园去走走。

他没有意识到已经午夜了,直到寒风逼他躲进了那个点儿唯一开着的地方。这家酒馆里聚集着哥本哈根最糟糕的波希米亚人,有艺术家,有诗人,也有罪犯和妓女;每当要买可卡因和大麻时,他们都会过来这里。这些年来,海森堡已经养成了一种近乎清教徒的节制,所以,虽然他每天都会路过这家酒吧,且他的好几个同事都是常客,他从没有进去过。一开门,烟味就像耳光一样朝他抽了过来。要不是因为冷,他肯定立马回去了。他走到最里头,在全酒吧唯一的一张空桌边坐了下来。他举手招呼了一个穿黑衣服的男人,想该是服务员吧,可那人不仅没给他点单,还坐到了他对过,睁大眼睛看着他。"今晚来点儿什么呢,教授?"那人说着,就从外衣里掏出了个小瓶。他还特地往后瞧了瞧,挪了挪屁股,叫老板看不见海森堡怯生生的示意。"您别管他,教授,这儿谁都欢迎,连您这样的也是。"他挤了挤眼,把小瓶放到了桌上。海森堡立刻对这陌生人产生了种抗拒,干吗您呀您的,这人至少大他十岁。他还在设法引起酒保的注意,可那陌生人趴到了桌上,肩膀像头喝醉了的巨熊似的,几乎占据了他的整个儿视野。"说了您也不信,刚坐在您这个位子上的是个七岁小孩儿,哭哭啼啼不带停的。大概是全世界最伤心的小孩儿了,我跟您保证,我这会儿还能听见他抽搭呢。这样谁还能写东西呀是不是?您试过大麻吗?没有吧,当然没有。这年头啊，没人有时间享受永恒。也就只有小孩儿，小孩儿和醉汉，您这样的正经人肯定不行，你们就要改变世界了，是不是啊，教授？"海森堡没有回答。他已经决定不参与了。他正要起身，却见那人手上有什么金属的东西在闪着光。"不急嘛教授，我们有一整晚呢。您放松，容我请您喝一杯的，不过给您嘛，是不是该来点儿更给劲儿的？"他把瓶子里的东西倒进了他自己那杯啤酒，又把杯子推给了海森堡。"我看您挺累的，教授。您该对自己好一点儿。您知道有心理障碍的人，正经出现的第一个征兆是什么吗？就是他对付不了未来。您想想这个，是不是能够意识到？我们竟然可以控制生命里的一个小时？这是多么不可思议的一件事啊！要控制我们的思想多难啊！就比如您吧，我看您就是被附身了。您被您的智力控制啦，就跟那些下三滥的人被女人给控制了一样。您是中邪了呀，教授，被您自己的头脑给吸干了。来吧，喝了它吧！别让我求您第二次啊！"物理学家朝后躲了，可那陌生人抓着他的肩膀，把杯子顶在了他的嘴上。他四顾想要求救，却见整个酒吧的人都在看着他，眼里没有一丝惊慌，仿佛在观赏着一个所有人都得经历的仪式。于是他张开嘴，把那绿色的液体一口气给吞了下去。男人笑了，往后靠到了椅子上，两手抱到脑后："现在我们可以像两个文明人一样交谈了，教授，您相信我，这些事情我都懂。得让空间和时间交织成一股，得永远保持运动。谁能忍受一辈子待在同一个地方呢？石头可以，可教授您这样的不行。您最近听没听广播？我做了个节目，您说不定会感兴趣。是给小孩儿做的，不过是那些既好奇又勇敢的小孩儿，像您这样的。我会给他们讲到这个时代所有的那些大灾难，所有悲剧，所有屠杀，所有的恐怖。您知道就上个月，密西西比发大水，死了五百个人吗？那水流的力量之大哟，冲垮了堤坝，人还在睡觉呢就被淹死了。那有人觉得，小孩儿不该知道这些，可我不担心这个。真正恐怖的不是那些浮在水面上的腐烂的尸体，那些肿起来的，从骨头上脱落的皮肉。不是的。真正残忍的是说，我几乎在同一时间就听到了这些事。我住在地球的另一边，就听说，我尊敬的威利舅舅和可爱的克拉拉舅妈，这对老狗屎，他们没被水冲走，因为他们爬到了一家糖果店的屋顶上。糖果店！要这不是黑魔法，那您告诉我是什么。但话又说回来了，多少人死了，多少人活了下来，又有什么重要呢？我说教授啊，今天我们全都是受害者。您是太聪明了，所以才毫无意识。我还记得我第一次接电话的时候，我在我外公家，我妈从酒店打电话给我，她老去那儿度假，她觉得带我太累了。那我一听到铃声响，就抓起了听筒，把小脑袋凑到了喇叭上，什么都没法缓解那种暴力，我彻底败给了那里面的声音。我很痛苦，又感到很无助，眼睁睁看着我的时间观念、我坚定的决心、我的责任感和分寸感都被一并摧毁了！这美妙的地狱，除了你们，还能归功于谁呢？请您告诉我教授，所有这些疯狂是从何时开始的？我们从什么时候起就不再理解这个世界了？"男人按着脸，使劲往两边抻着，五官都变形了，紧接着就扑倒在了桌上，仿佛突然支撑不住他身体巨大的重量。海森堡一见有机会，赶紧溜了出去。

他跑着，也看不见前方是什么，伸出双手在迷雾中拍打着空气，像瞎子一样。跑了会儿腿抽筋了，他就瘫倒在了一棵高大的橡树的树根上，感觉心脏要炸了。他已经来到了公园深处，再也看不见路灯的光了。那混蛋给他下的是什么药啊？他冷得直打哆嗦，口干舌燥，视野模糊，肾上腺素窜过他全身，他控制不住想哭。他唯一的念头就是回去他的阁楼，可他恶心得都站不起来。他一尝试起身，就天旋地转，且转速极快，他只得闭上眼睛，抱住了树干。

他再次把它们睁开的时候，只见有星星点点的小火舌在飘着，闪闪发光，像萤火虫的游行。他已经不觉得冷了，腿也不抖了。他很清醒，同时又很茫然，像在一个梦中醒来。树林已经面目全非了，树根像静脉一样搏动着，树枝无风摇摆，大地似乎在他脚下呼吸，而他丝毫没有紧张。一种巨大的祥和感将他笼罩，可海森堡觉得这太不寻常——考虑到他的现状——只怕这份平静随时都会变身为恐慌。为避免这种情况，他定睛观看起了那光的游戏：它们覆盖了整个空间，或从树冠上落下，或从地面的叶毯上萌发。其中的大多数都立刻消失了，但也有一些停滞在那里，留下了小小的残迹。

海森堡的瞳孔都张大了，继而发现那些痕迹并不是连续的线条，而是一系列独立的光点。就好像它们是瞬间从一个地方跳跃到另一个地方的，并没有经过什么中间的空间。他被自己的幻觉催眠了，只觉思绪与他看见的东西融为了一体：那残迹中的每一个点都是无端生发出来的，而完整的痕迹只存在于他的脑子里，把那些点都编织在了一起。他把视线聚焦在了其中一点上，可他越是细看，那个点就变得愈发地模糊。他趴到地上，想捞起一个光点来，笑得像个扑蝶的孩子；可他刚要抓到，却发现，他被黑影军团包围了。

无数长着细长眼睛的男人和女人都在伸手想摸他，他们的身体都是用烟尘和灰烬雕成的。他们挤在他周围，也没法前进，正不住地发出嗡嗡声，像蜂群，被困在了一张无形的网中。海森堡见一个婴儿钻出重围，爬到了他的面前，便想牵住他的小手；可是突然一声炸响，那些人就全都碎成了粉末，也叫海森堡跪了下来。海森堡在叶子堆里翻找着，想找到些什么残余物，那些幽灵都留下了些什么。他只找到了一个极其微小的光点，唯一残存的那个。他无比小心地把它捡了起来，抱在怀里，开始往家走，大风吹乱了他的头发，鞭打着他外衣的褶皱。可他坚信，无论发生什么，他都不会让它灭掉的。他找到了公园的大门，直冲大学的宿舍楼走去，见到自己房间的窗户时，他感觉有个庞然大物在跟着他。他朝后看，只见有个黑色的人影，把一切都遮盖了。他慌忙跑了起来，脚下一绊，才发现那是他自己的影子,正是他手里的光往后投射出来的。他转回身去面对他的幽灵,伸出胳膊,摊开了手掌。光与影同时熄灭了。

玻尔度假归来时,海森堡告诉他,我们对世界的了解是有一个绝对极限的。

这位领导刚走进大学校门,就被海森堡拽着胳膊拖进了公园里,都没来得及把行李放下,或是抖抖大衣上的雪。海森堡把他自己的想法和薛定谔的一结合——他边说边走进了树丛里,一手拖着玻尔的旅行箱,对他导师的抱怨只当没听见——就明白了,是说,那些量子客体都是没有一个确定的身份的,而是居住在一个可能性的空间里。比如一个电子,海森堡解释说,它并不是存在于单独一个地方,而是许多个地方,它的速度也不止一个,而是很多很多个。那波函数展示的就是所有这些可能性叠加在一起的图景。海森堡已经彻底忘记了波与粒子间的该死的论战,他又一次地把注意力集中到了数字上,想找到一条路。通过分析薛定谔的数学和他自己的,他就发现,一个量子客体的某些性质——比如速度和动量——是成对存在的,且遵循着一种极其怪异的关系。其中一个性质对应的数值越是精确,另一个就越是不确定。还是拿电子来说吧,假如一个电子只处在唯一的位置,绝对确定地被固定在它的轨道上了,就像被大头针钉住的一个虫子，那么在这种情况下，他的速度就会变得完全不确定了：它可以是静止的，也可以光速移动，我们没法知道，而且反过来也是一样！那假如这个电子的动量是准确的呢，它的位置又会变得不固定了，可以在你手心里，也可以在宇宙的另一边。这两个变量在数学上是互补的：确定一个，另一个就消解了。

海森堡停下来歇了口气。他不停讲了这么久，还得在雪地里拖着那个旅行箱，他浑身都是汗。他一心沉浸在自己的思路当中，都没发觉玻尔已经被他落在了后面，在几米开外看着地，极度集中地思考着。海森堡几乎可以听到他导师的大脑机制在吱吱嘎嘎地运转着，一遍遍地研磨着那些想法，最终提取出了它们的精髓。他朝玻尔走了过去，玻尔就问他，这种成双成对的关系只影响这两个变量吗？海森堡边喘边说不是，量子世界有许多方面都受这种关系的制约，比如一个电子处在一个状态的时间和它在这个状态下的能量。随后玻尔又问，这种关系会在所有尺度上发生吗，还是仅在亚原子的尺度？海森堡很确定地告诉他，这种关系无论是对一个电子还是对他们两个都同样适用，只是说，它在宏观客体上产生的效果微乎其微，而对于一个粒子，就会显得十分巨大。

海森堡把写着他新思想的数学推导的那几张纸掏了出来，玻尔坐到雪上就开始读了。他一声不吭地检验着那些计算，对海森堡来说，那一刻好像永久。而当他验算完了，他叫海森堡扶他一把，两人又走了起来：太冷了。一边走，玻尔又问道，这是不是一种实验上的限制呢，后人有了更先进的技术，是不是就能战胜它了？海森堡说不是，这是构成物质的要素之一，是事物构建的方式所遵循的一种原则，它似乎在禁止可观测现象同时拥有某些完全确定的属性。他最初的直觉是对的：一个量子实体是不可能被"看到"的，原因很简单，它没有一个单一的身份。照亮它的一个性质就意味着叫另一个陷入黑暗。一个量子系统的最佳描述不是图像或比喻，恰恰就只是一组数字。

他们走出公园，来到大街上，还在探讨着海森堡的发现会带来什么样的后果。玻尔已经觉得，这将是一种真正全新的物理学的基石。在哲学意义上，他挽着海森堡的胳膊，说道，这是决定论的终结。所有相信牛顿物理学所承诺的发条宇宙的人，海森堡的不确定性击碎了他们的希望。决定论者认为，只要发现了支配物质的规律，就能认识最古老的过去，预言最遥远的未来。如果所有发生的事情都是前一状态直接的后果，那只要看看现在，再跑跑方程，就能获得神一样的知识了。而有了海森堡的发现，所有这一切都成了幻想。我们无法掌握的不是未来，也不是过去，而是现在。我们甚至都没有办法完全了解一个渺小的粒子的状态。无论我们如何审视事物的根基，总还是会有模糊的、不确定的东西，就好像现实永远只允许我们用一只眼睛看见清晰的世界，用两只眼睛就不行。

海森堡陶醉在了自己的热情之中，同时就注意到，他们俩的公园之行几乎恰好是反向重走了他顿悟之夜的路线。他跟玻尔讲了，丹麦人立刻就把这个和他们讨论的东西联系了起来：如果我们连最基本的，一个电子在哪里、是怎么移动的，都没法同时知道，那我们就更不可能预测它从一点到另一点的确切的路径了，而是只能知道它许许多多可能的轨迹。这就是薛定谔方程的天才之处：从某种意义上说，它用一个单一的框架——波函数——就把一个粒子的无数种命运、所有状态和轨迹，叠加在一起，给表示了出来。一个粒子有许多种穿越空间的方法，可它只能选择一种。如何选择的？完全随机。所以对海森堡来说，已经再没有办法绝对准确地谈论任何亚原子现象了。以前是每个果都对应着一个因，而现如今，只剩下一堆概率。在物质最深层的基础之中，物理学找到的不是薛定谔和爱因斯坦心心念念的、被一位理性之神像提线木偶一样支配着的一个坚固不破的真实，而是一个神奇而瑰异的王国，一位用无数只手操弄着偶然的女神的肆意妄为的孩子。

路过海森堡那天落跑的酒吧时，玻尔说，都这样了，是不是值得喝一杯？老板刚开门，店里几乎没有人，可是听到这个建议，海森堡仍然有点反胃。他说还是找个咖啡馆吧，说不定有点什么热的可以吃。可丹麦人说，喝咖啡算什么庆祝，就一把把他推了进去。

他们又坐到了那晚的那张桌上，玻尔点了两扎啤酒，两人慢慢喝掉了，又点了两扎，都一口干了。到了第三扎，海森堡把那晚发生的事都告诉了这位导师。他讲起了给他下药的那个陌生人，他的恐惧，放到桌上的那个瓶子，那男的像熊掌一样的手，刀刃还闪着寒光；又讲到了那种绿色液体的苦味，那男的都跟他说了些什么，情绪是如何抑制不住地爆发的，后来他就吓跑了；接着，他谈起了外面的冷，他绝美的幻觉，搏动的树根，萤火虫之舞，他护在手心里的小小光点，和追到大学里的那个巨大的黑影；又讲起了他后来几周的生活，他感觉有什么东西扑面而来，在他头脑中掀起了一场脑力风暴，而正是从那天晚上开始，他就被一股不可遏制的热情支配了。然而，出于某种奇怪的原因——他自己没法解释，想必也没法解释给玻尔听，因为他要到几十年后才会明白——他没告诉玻尔死在他脚下的婴儿的事，还有在森林里围着他的那成千上万的人影，他们在那道致盲的闪光中被瞬间碳化了，仿佛是想警告他什么。

五、上帝与骰子

布鲁塞尔灰色的天空下，一九二七年十月二十四日那个周一的早晨，二十五位物理学家一同穿过了利奥波德公园结霜的草坪，躲进了生理学研究所的一个会议厅，全未想到，五天后，他们将撼动科学的根基。

这个研究所是工业家欧内斯特·索尔维建造的，其目的很明确，就是想尽可能地证明"生命的现象可以，也应当由统治宇宙的物理法则来解释，而我们可以通过客观地观察和研究这个世界上的各种事实来认识这些法则。"为了参加这第五届的索尔维会议、当时最负盛名的科学大会，老一辈的大师与革命青年们都从欧洲各地赶来了。这么多伟大的天才齐聚在同一屋檐下，这是空前绝后的；他们中的十七人已经获得或即将获得诺贝尔奖，其中就包括了保罗·狄拉克、沃尔夫冈·泡利、马克斯·普朗克和玛丽·居里——她已经两获诺奖，将与亨德里克·洛伦兹和阿尔伯特·爱因斯坦一起主持会议委员会的工作。

尽管会议的主题是"电子和光子"，但所有人都知道，它真正的目的是分析量子力学，后者已经向物理学坐落其上的理论大厦的稳固性发起了挑战。

大会的第一天，所有人都发言了，除了爱因斯坦。

第二天早上，路易·德布罗意介绍了他的"导引波"新理论，把电子的运动比作是一个骑在波峰上的冲浪者。他被薛定谔和哥本哈根学派的物理学家们无情抨击了。德布罗意无法捍卫自己的观点，他看向了爱因斯坦，德国人一言不发。会议剩下的时间里，这位害羞的王子再没有开口。

第三天，量子力学的两个版本展开了对决。

薛定谔满怀信心地为他的波辩护起来。他解释说，它可以完美地描述电子的行为，可他也不得不承认，为了表示其中的两个，他需要至少六个维度。薛定谔甚至相信，他的波可能是种真实存在的东西——而不仅仅是概率的分布——可他没能说服其他人。等他一讲完，海森堡就饶有兴致地给了他致命的一击："薛定谔先生认为，只要我们的知识更进一步，就能在三个维度内解释和理解他多维理论给出的结果。可是呢，从他的计算里，我一点都没看到这种希望。"

当天下午，海森堡和玻尔介绍了他们那个版本的量子力学，它将被后人命名为"哥本哈根解释"。

现实，他们对所有与会者说道，是不能脱离观测行为存在的。量子客体不具备固有的性质。电子不被测量，就不会处在任何固定的位置；它只有在那一刻才会出现。在测量前，它没有任何的属性；不经过观测，我们甚至都没法想象它。它只有在被特定的工具检测到时才会以特定方式存在。而在两次检测之间，问它是如何移动的，它是什么，在哪里，都毫无意义。就像佛教中的月亮，粒子也是不存在的，是测量行为让它转变成了一个真实的物体。

他们的突破太决绝了，照他们的讲法，物理学要关心的已经不该是现实了，而是关于现实我们可以说些什么。原子和基本粒子与我们日常经验中的物体不属于同一种存在。它们活在可能性的世界里，海森堡解说道：它们不是实体，而是概率。而从"可能"去往"真实"的转化仅仅发生在观察或测量中。因此，任何一个量子现实都是无法独立存在的，它在被当作波测量时就会以波形式出现，而在被当作粒子的时候，就会显现为粒子。

随后，他们又往前迈了一步。

这些局限都不是理论性的：不是模型的缺陷、实验的限制或技术问题。简单来说，并不存在一个科学可以研究的"真实的世界"。"在谈到我们这个时代的科学的时候，"海森堡解释道，"我们讲的是我们跟自然的关系，我们并不是客观而独立的观察者，而是人与世界的游戏中的当事人。科学已经再也不能用和之前相同的方式来面对现实了。分析、解释和分类世界的方法已经意识到了自身的局限性：它们的干预改变了研究对象本身。科学照亮世界的光不仅改变了我们对现实的看法，也改变了那些基本单位的行为。"科学方法与它们的对象已经密不可分。

"哥本哈根解释"的缔造者们用一个绝对主义的论断结束了他们的发言："我们认为，量子力学是一个封闭的理论，其物理和数学假设已经没有修改的可能了。"

这是爱因斯坦所不能忍受的。

作为反传统物理学家的代名词，连他都无法接受如此激进的变化。"物理学谈论的不再是客观世界"这种说法已经不再只是观点的改变了，它是对科学之魂的背叛。在爱因斯坦看来，物理学应当谈论因果，而不只是概率。他拒绝相信世界的事实竟是遵循着一个如此违背常识的逻辑。人不能吹捧偶然，摒弃自然法则的概念。一定有什么更深层的东西。他们还不知道的东西。一个隐藏的变量，可以驱散哥本哈根的迷雾，把隐藏在亚原子世界的随机行为下的秩序给揭示出来。他确信这点，于是，在未来三天里，他提出了一系列假想的情况，它们似乎违反了海森堡的不确定性原则，而后者正是哥本哈根学派的物理学家们推理的基础。

每天早餐时（与正式讨论并行），爱因斯坦都会给出他的谜题，而每天晚上，玻尔都会带来他的解答。两人之间的较量主导了会议，也把物理学家们分成了两个不可调和的阵营。但最后一天，爱因斯坦不得不屈服：他在玻尔的推理中找不到一处不扎实的地方。他不情愿地接受了失败，并把他对量子力学的所有仇恨都浓缩到了那句话里，这句话将在之后的时光里被不断重提，而临走时，他几乎是把它唾在了丹麦人的脸上。

"上帝不跟宇宙玩骰子！"

尾　声

爱因斯坦与德布罗意一起从布鲁塞尔回到了巴黎。下车时，他拥抱了他，叫他别泄气，要继续发展他的想法，他无疑走在正道上。然而，德布罗意已经在那五天里失去了些什么。尽管他凭借他的博士论文——写的是物质波——获得了一九二九年的诺贝尔奖，可他向海森堡和玻尔的观点投降了，且在剩下的职业生涯里，他一直当着他的小教授，用一张帘幕将所有人隔开，那种羞耻感最终成了他与这个世界的屏障，连他亲爱的姐姐都没有能够解除。

爱因斯坦则变身为了量子力学最大的敌人。他无数次尝试找到一条通往客观世界的归路，找到一种潜藏的秩序，从而把他的相对论和量子力学统一起来。这是所有科学中最精确的一支，必须驱逐混入其中的随机性。"这量子力学的理论有点让我想起了偏执狂的那种成系统的胡话，还得是过分聪明的那类患者。就真像是一杯混杂了各种思想的鸡尾酒，可思想与思想间都没有关系的。"他在给朋友的一封信中写道。他竭力找到一个大统一理论，然而至死都没有成功，虽仍为世人所景仰，却与新一代格格不入。人们似乎已经最大程度地接受了玻尔在索尔维会议上对爱因斯坦说的话。几十年前，在听到后者关于上帝和骰子的那句苦涩的抱怨时，玻尔是这样回答的："我们没资格教祂如何掌控世界。"

薛定谔最终也讨厌起了量子力学。他精心设计了一个思维实验,它给出的结果是一种看似不可能存在的生物:一只既死又活的猫。他的意图是证明这种思维方式的荒谬,而哥本哈根学派的支持者们告诉他,他完全正确:这个结果不仅荒谬,而且矛盾。然而它是事实。薛定谔的猫就像任何基本粒子一样,都是既死又活的(至少测量前如此),而这位奥地利人的名字将永远与这次失败的尝试联系在一起——他自己帮助创造的思想,如今他想否定它,他没能做到。后来,薛定谔为生物学、遗传学、热力学,包括广义相对论都做出过贡献,但他再也没能创造出堪比他从赫维希山庄归来后——他再没回去过那儿——那六个月里的成就的东西。

名声一直伴随着他,直到一九六一年一月,他因肺结核发作在维也纳去世,享年七十三岁。

他的方程仍是现代物理学的基石之一,尽管一百年来,谁都没能解开波函数的奥秘。

海森堡二十五岁时被莱比锡大学任命为教授,他也是德国历史上最年轻的教授。一九三二年,他因为创造了量子力学获得诺贝尔奖,而一九三九年时,纳粹政府命令他对核弹的制造开展可行性研究;两年后,他得出结论,此类武器是德国或任何一个敌国都无法企及的,至少是在大战中;当他听到核弹在广岛上空爆炸的消息时，他几乎不敢相信。

海森堡一生中还在继续发展各式各样挑战常识的想法，他被认为是二十世纪最重要的物理学家之一。

迄今为止，他的不确定性原理经受住了所有的考验。

后记：夜晚的园丁

I

这是一种植物瘟疫，在树与树之间传播。它无情、无声、无形，在隐蔽处腐坏着，不为世人所见。它是从大地最深最暗处迸发出来的吗？还是被最微不足道的生物带到了地表？或许是种真菌？不，它传播得比孢子还快，它在树根里繁殖，在它们的木质心脏中筑巢。这是个古老的魔鬼，蹑手蹑脚。快杀死它。用火杀死它。点了它，看它燃烧，把所有那些曾抵御了时间考验的被感染的山毛榉、冷杉和巨大的橡树都烧了，它们的树干已经被一百万只昆虫的颚肢解了。如今它们都要死了，都要病死了，垂死地站着。让它们烧起来吧，看看那舔舐天空的火舌，要是任其发展，那恶就将吞噬世界了，以死亡为食，吞了那些已成灰色的绿。而现在，请噤声，听。听它们是如何生长的。

II

我是在山里认识的他，那个小镇一直没人，除了夏天的那几个月。一天晚上，我正带狗散步，在他的花园里看到了他。他在挖地。我的狗从他花园周围的灌木下方钻了过去，在黑暗中朝他奔去，朝着月光下那一掠小小的白色光闪。男人蹲下来，摸了摸它的头，又单膝跪地，挠了挠它亮给他的肚子。我说不好意思，他说没什么，他很喜欢动物。我问他大晚上的是在做园艺吗，对，这是最好的时候了，他回答说。植物都睡着了，感觉就没那么敏锐，移种的时候就会少一点痛苦，就像打了麻醉的病人。对植物，我们应该更加警惕一点。他告诉我，他小时候，一直很怕一棵橡树，他奶奶吊死在它的一根树枝上。他说，那会儿，它还是一棵健康强壮、充满活力的树，而现在呢，过了大约六十年，它巨大的树干已经被寄生虫填满，从里边开始烂了，他知道，很快他就得把它砍倒了，因为它已经长到了他的房顶上，假如冬天来场暴风雪，它 -倒下来，可能房子就要毁了。可是，他仍然没能鼓足勇气，拿起斧头，砍倒这个巨人，毕竟这是先前那片原始森林中幸存下来的极少数的几个样本。那片黑压压的大森林，很美，也充满着危险，最初兴建这个镇子的人把它们都砍倒了，才造了他们的房子。他指了指那棵树，可在黑暗中，我只看到一个巨大的黑影：它已经半死不活了，烂掉了，他说，可它仍然在生长。他告诉我，蝙蝠已经住进了树里，蜂鸟会吃长在它顶部树枝间的那种雌雄同体的植物的红宝石色的花。这种植物叫红叶桑寄生，俗称五角星、牛刀或辣椒，他奶奶每年都会砍掉它们，只为看到它们更用力地发芽开花，它们会大口吸吮着从树干中偷来的汁液，产出美酒，让鸟和虫子醉倒。我到现在也不知道她是为什么自杀的，从来没人告诉我，这是家里的一个秘密。当时我还小，顶多也就五六岁。可是后来，几十年过去了，我女儿都出生了，我奶奶，就是我妈上班的时候过来照顾我的那个人，跟我说了：你奶奶是在这根树枝上吊死的。半夜里。很吓人，很恐怖。人们都说，等警察来了再把她放下来吧，至少他们讲都是这么讲的："别放她下来啦。让她去吧！"可你爸说，不能让她就这么吊着呀。他就爬上去了，越爬越高——谁都不明白你奶奶是怎么上去的——解开了她脖子上的绳子。她就掉了下来，穿过层层树枝，着地时砰的一声，好像比她活着的时候重了两三倍。接下来呢，你爸抄起斧头就开始砍那棵树，可你爷爷没让。他说，你奶奶一直都很喜欢那棵树，她看着它长大，照顾它，给它施肥，又是浇水又是剪枝，每件小事都要操心，生病生虫，树干上长了什么蘑菇，或是斑斑点点。所以，他们就把它撂那儿了。他告诉我，就让它那么待着吧，虽说总有一天，他们不得不把它砍掉，迟早的事。早比迟好。

III

第二天早上，我跟我七岁的女儿到树林散步，看到两只死狗，都是被毒死的。此前我从没见过这种事。我目睹过高速公路上被连绵不绝的车流所肢解的小狗尸体，被狗群袭击后、躺在自己脏腑中间的猫，甚至我还亲手宰过一头羔羊，把刀埋进它的喉咙，直到外边只剩了个刀把，而站在我对过的那几个高乔人把它叉了起来，架上了炭火。但所有这些死，哪怕再叫人恶心，跟毒杀比起来，都仍嫌逊色。那天我们看到的第一只是只德牧，躺在林间小道的正中央。它嘴张着，牙龈又黑又肿，耷拉出来的舌头有正常五倍的那么大，血管胀到了极限。我小心走了上去，叫女儿别过来，可她忍不住，紧贴着我的后背，把小脸埋进我外套的褶子里，探头看了两眼。那条狗的四肢都僵了，朝着天，肚子里全是气，把皮肤都抻开了，活像个孕妇。整具尸体像要随时爆炸喷我们一身内脏。可最叫我害怕的还是它的表情，一种想象不到的痛苦，让它的整个脸都扭曲了。那种剧烈的痛苦与挣扎，连它死了，都像还在哭号着一样。而第二只狗距它二十米远的样子，在路边，部分被草木所掩盖。是只流浪狗，比格和西班牙小猎犬的串儿，黑头白身，虽说肯定也是死于同一种毒物，倒是没有被毁容，要不是它眼皮上停满了苍蝇，我可能都以为它只是睡着了。第一只狗我们不认识，可第二只是我们的朋友。我女儿四岁的时候就跟它一起玩了，它会陪我们散步，还会挠我们的门讨饭吃。我女儿叫它点点，虽然刚认出来的时候她没有哭，可一从小路来到空地上，她就扑倒在了我的怀里。我重重地抱了抱她。她说她很怕——我也是——怕她自己的狗也会是这个下场。那是我见过的最甜、最亲、最可爱的狗了。为什么呀，她问我，为什么要毒死它们？我说我也不知道，不过可能是意外吧，有很多种毒药。毒老鼠的，毒蜗牛和蛞蝓的，人做园艺的时候会用到各种致命的化学品，镇上不是有很多很漂亮的花园吗？很可能它们就是无意间吃进去了一点，或是抓到了哪只快死的老鼠，先前这老鼠咬过哪块浸过毒的蜡，就变呆了，人常常会在自己家附近的塑料管里放上几块这种蜡的。我没告诉她的是，这种事年年都有，每年都会有一两次。有时死一只，有时好多只，要么初夏要么晚秋，总会有死狗的。常年住在这里的人都知道，就是他们中的某个人干的，那人就住在镇上，但没人知道他/她是谁。他/她会四处抛撒氰化物，而那几周，我们就会看见躺着的尸体出现在大街小径上。几乎总是流浪狗或野狗，因为很多人会把不要的狗扔到山上去，但也有宠物狗被毒死的。有几个人嫌疑比较大，他们曾经威胁过要做这种事。我有个邻居，跟我住在同一条街上的一个男人，他就跟我朋友说起过，我怎么不用狗绳呢，难道我不知道每年夏天都会有毒狗的吗？那人跟我就隔着三栋房子，可我从没跟他讲过话，我也没碰到过他几次，他都站在他车子前面抽烟。他会跟我点点头，我也跟他点点头，我们都没有说话。

IV

我真的要绝望了，我的花园长得太慢了。山里的冬天是严酷的，春天和夏天又短又干燥，我花园的地原本就不肥，因为底下是垃圾堆。这里的前一个主人，也就是建了小屋又把它卖给我的人，是用废料和杂物把土地整平的，所以每次我挖地想种花种树时，就会看到瓶盖、水泥块、电线和塑料片。我有很多种肥料可以用，可我希望我的树该怎么样就怎么样，虽说长不高吧。它们的根部无处可去，我在垃圾上只堆了薄薄的一层土，下面就是石灰，是压实的黏土，所以它们大都发育不良，有种怪异的盆栽之美，但不管怎么说都很萎靡。夜晚的园丁告诉我，发明了现代氮肥的科学家——一位德国化学家，名叫弗里茨·哈伯——也创造了第一种大规模杀伤性武器，氯气，并把它倒进了"一战"的战壕。那绿色的毒雾杀死了成千上万人，不计其数的士兵抓挠着喉咙，肺里翻腾着氯气，活活憋死在自己的呕吐物和痰液里，而与此同时，哈伯从大气中提取出的氮气所制造的肥料又将数亿人从饥荒中拯救出来，助长了我们今天的人口爆炸。现在我们已经有了充足的氮气，但在过去的几个世纪里，为了霸占蝙蝠和鸟类的粪便，人们不惜挑起战争，而埃及法老们的墓穴也被大盗洗劫一空，他们找的不是黄金和珠宝，而是木乃伊和成千上万陪葬的奴隶的骨头中的氮气。据夜晚的园丁说，马普切人会把仇敌的骨骸碾碎，把骨粉当作肥料，撒进他们的农场。他们永远在夜深人静的时候耕作，待树都睡熟了。因为他们觉得，有些树——比如桂皮树和杉树——能看见战士的灵魂，窃取他内心深处的秘密，并把它传遍森林的根系，而蘑菇苍白的菌丝会对植物的根茎窃窃私语，在整个族群面前败坏那位战士的名誉。失去私生活，被剥个精光，暴露在所有人眼前，这个人会开始慢慢凋谢，由内而外地干枯，全不知是为什么。

V

这个小镇的建设方式很奇怪，不管你走哪条路，它都会把你引向最低处的那片小树林。九十年代末，一场大火曾经威胁到这个镇子的存续，该地区的大部分都遭到了破坏，而这一小片树林是少数幸存下来的区域之一。当年，那场大火呼啸着，吞噬着一切，它之所以能够停下来，是因为已经没有东西可以烧了。一片矗立了两百多年的森林在不到两周的时间里消失殆尽。后来人们试图恢复那片林子，主要种的是松树，但原有的本地树种都灭绝了，只剩下这片微型的绿洲，它乱蓬蓬的野生景色与周边修剪过的树篱以及装饰性的花园形成了鲜明的对比。它对我有种怪异的引力，总把我往下拽，拽向那条通往湖边的古道。我曾经一整天一整天地在它的树丛中行走，总是一个人，当地人似乎都会避开那里，我也不懂为什么，而外来者，夏天来这里租房子住的有钱人，他们偶尔才会过来，或者只是远远地看一下，顺便。在它的中心位置有个小小的岩洞，是在石灰岩上凿的。夜晚的园丁告诉我，早年，镇上有个苗圃，它的主人会把种子放在这个洞里，放在永恒的黑暗中。如今洞是空的，只有一些少男少女会过来，留下他们安全套的包装，又或者就是一些游客，我得把沾了他们屎的纸捡起来埋掉。而再远一点，就是湖了，小小一片水域，很多家庭会在那里聚会。湖是人工挖的，比起真正的湖，它更像一个水塘，但看着足够自然，有十几只鸭子在那儿安了家。一只红尾隼会在它的南岸巡回，而另一边，更暗也更泥泞的一边，则是一只白鹭的领地。夏天，为它提供水源的溪流咕噜咕噜地唱着歌，可是之后它们就会干涸，生出杂草来，就像从来没有存在过。这个湖已经几十年没有结冰了；人们告诉我，它最后一次结冰的时候，皮诺切特还刚刚掌权，有个小男孩从冰上掉下去淹死了，可谁都说不出他的名字。很可能这只是个寓言故事，叫小孩子晚上离湖远一点，没想到这些年气候变化了，冰也结不起来了，故事却流传了下来。

这个镇子是欧洲移民建的，有明显的外国气质，这在我国别的地方可不常见，虽说在南部一些小城里也可以看见金发碧眼的小孩在我们如此同质化的人群中跑来跑去——我们都是梅斯蒂索人，马普切人和西班牙人的混血。这地方初建的时候类似庇护所，隐藏在高山上。一直很让我惊讶的一点，我们智利人怎么就这么不喜欢山呢，谁都不去山里住。明明安第斯山脉就像刺穿我们脊梁的一把剑，可我们就是会无视那些高耸的山峰，定居到山谷里、海岸上，就好像整个国家都患上了一种无法控制的眩晕症、恐高症，叫我们无福享受我国大好河山中最雄伟的部分。离这儿不到一小时，下高速、拐上上山土路的地方，有个巨大的军营；我买的这栋房子，最早就是一个退伍的陆军中尉建的。我稍微调查了一下他，纯粹出于好奇，就找到几条新闻，指控他在独裁期间参与了好几个政治犯的失踪。我只见过他两次，一次是带我看房子，还有一次就是签合同。那会儿我还不知道他已经病入膏肓了，虽然我也怀疑过，因为他要价太低了，结果不到一年他就死了。夜晚的园丁告诉我，这个人非常可恨，镇上是个人都讨厌他，他会把他军用的旧左轮枪挂在腰上，招摇过市，工人帮他修房子，他也赖着账不肯付。我们搬进去的时候，曾在客厅的一张桌子上找到一个没有撞针的手雷。我很用力地想了，也没想起来，我是怎么处理它的。

VI

夜晚的园丁曾经是搞数学的，如今他谈起数学，就像戒了酒的酒鬼谈起酒，既渴望又恐惧。他说，他职业生涯的起步是很辉煌的，但后来，他读到了亚历山大·格罗滕迪克的著作，然后他就放弃了。那是位真正的天才，六十年代，他革新了几何学，自欧几里得以来就从没有人做到过类似的事情，后来他莫名其妙就放弃了数学，当时他四十岁，正处于国际声望的高峰期，而他给我们留下的那份独特而又令人困惑的遗产，其冲击波仍在撼动这个学科所有的分支，可他拒绝讨论这个，连提都不想提，直到四十多年后他离开这个世界。就跟夜晚的园丁一样，格罗滕迪克也是活到一半，突然决定抛开家，抛开家人，抛开事业和朋友，隐居到了比利牛斯山间，像僧侣似的。这就好比爱因斯坦刚发表完相对论就放弃了物理，马拉多纳一拿到世界杯，就发誓再也不碰球了。当然，夜晚的园丁之所以会决定抛下社会生活，不只是出于对格罗滕迪克的崇拜。他离了婚，很惨，跟他唯一的女儿疏远了，又被诊断出患有皮肤癌，可他坚持认为，所有这些，哪怕再痛苦，跟另外一些东西相比，都是次要的。他突然意识到，是数学——而不是原子弹、计算机、生物战，或气候的末日——在改变着我们的世界，也就几十年吧,顶多了,我们将无法理解人类的意义。并不是说我们曾经理解过,但情况越变越糟了。如今的我们可以把原子掰碎,让第一束光闪瞎我们的眼睛,我们可以预言宇宙的终结,用的只是几个神秘的方程、图形或符号,普通人是不懂的,尽管它们左右着我们每一寸的生活。然而还不仅仅是普通人,连科学家自己都不再理解这个世界了。打个比方,就说量子力学吧,人类皇冠上的明珠,我们发明的所有物理理论中最精确、最美丽、涵盖面最广的一个。互联网背后有它,手机霸权的背后也有它,它许诺的是只有神的智慧才能比拟的算力,它已经让我们的世界改头换面到了一个认不出来的地步。我们知道怎么用它,它完美地运转着,通过某种奇迹,然而,这个星球上没有一个人,不管活人死人,真正明白它的原理,人脑无法应对其中的矛盾和悖论。就仿佛这个理论是凭空落到地球上的一样,就好比它是源自太空的一块独石碑,而我们只是在它周围爬着,不时摸摸它、扔它石头和木棍,却从来没有真正地理解它——宛如猿猴。

所以,现在的他把全部精力都放到了园艺上。他照料着他自己的花园,也为镇上的其他房子服务。据我所知,他没有朋友,邻居都觉得他是个怪人,可我更愿意把他想象成我的朋友,因为有时候,他会在我家旁边放上一桶混合肥,作为献给我花花草草的礼物。我花园里最老的一棵树是柠檬树,树枝很密很厚。前不久,夜晚的园丁问我，知不知道柠檬树都是怎么死的。假如它们撑过了干旱和病害、不计其数的虫子、真菌和瘟疫的袭击，从而来到了晚年，它们会因过度繁盛而死去。一旦抵达了生命周期的终点，它们会最后结出一大茬的柠檬。那年春天，它们的花苞会迸发出来，绽开巨大的花团，空气中都是它们馥郁的甜香，隔着两条街，你的喉咙和鼻子都会发痒。然后所有果实会一同成熟，把整根整根的树枝都压断，再过一两周，周围地上就都是腐烂的柠檬。多奇怪哈，他跟我说，都快死了，还能看到这样的繁盛。让人想到动物界里，数百万条鲑鱼在死前疯狂交配，而几十亿条鲱鱼用卵和精子把太平洋几百公里的海岸都染成了白色。但树木是种很不一样的生命体，这种过度繁育的景象不像植物，倒像我们人类：无节制的增长，已然失控。那我问他我的柠檬树还能活多久。他说没法知道，除非砍了它，数年轮。但谁会这么做呢？

致　谢

我想感谢康斯坦萨·马丁内斯，她为这本书做出了无价的贡献，她再小的细节都要跟我抠。这是一部基于真实事件的虚构作品，虚构比例是递增的。《普鲁士蓝》只有一段虚构，而在后面几篇中，在试图忠于其中科学观点的同时，我给了自己更多的自由。作为《心之心》的主人公之一，望月新一的故事是个很特别的例子：我从他著作的某些方面得到启发，从而进入了亚历山大·格罗滕迪克的思想，但我提到的这个人，包括他的生平和研究，大部分都是虚构的。这部作品中用到的绝大多数的历史和生平资料可以在如下书籍和文章中找到，我想在此感谢它们的作者，可是全都写出来又太长了：沃尔特·穆尔《薛定谔传》；曼吉特·库马尔《量子理论：爱因斯坦与波尔关于世界本质的伟大论战》；克里斯蒂安努斯·德谟克里特《肉身的病症与解药》；约翰·吉本《埃尔温·薛定谔与量子革命》；埃尔温·薛定谔《我的世界观》；亚历山大·格罗滕迪克《收获与播种》；阿瑟·I.米勒《情欲、审美观和薛定谔的波动方程》；沃纳·海森堡《物理学与哲学：现代科学中的革命》；戴维·林德利《不确定性：爱因斯坦、海森堡、玻尔关于科学之魂的辩论》；温弗里德·沙尔劳、梅利萨·施内普斯（译）《谁是亚历山大·格罗滕迪克？无政府主义、数学、灵性、孤独》；伊恩·克肖《希特勒传》；温弗里德·塞巴尔德《土星之环》；卡尔·史瓦西《卡尔·史瓦西全集》；杰里米·伯恩斯坦《抗拒的黑洞之父》。

99读书人

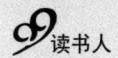

SHORT CLASSICS
短经典精选

短经典精选系列

走在蓝色的田野上
〔爱尔兰〕克莱尔·吉根 著 马爱农 译

爱，始于冬季
〔英〕西蒙·范·布伊 著 刘文韵 译

爱情半夜餐
〔法〕米歇尔·图尼埃 著 姚梦颖 译

隐秘的幸福
〔巴西〕克拉丽丝·李斯佩克朵 著 闵雪飞 译

雨后
〔爱尔兰〕威廉·特雷弗 著 管舒宁 译

闯入者
〔日〕安部公房 著 伏怡琳 译

星期天
〔法〕伊莱娜·内米洛夫斯基 著 黄荭 译

二十一个故事
〔英〕格雷厄姆·格林 著 李晨 张颖 译

我们飞
〔瑞士〕彼得·施塔姆 著 苏晓琴 译

时光匆匆老去
〔意〕安东尼奥·塔布齐 著 沈萼梅 译

不中用的狗
〔德〕海因里希·伯尔 著 刁承俊 译

俄罗斯套娃
〔阿根廷〕比奥伊·卡萨雷斯 著 魏然 译

避暑
〔智利〕何塞·多诺索 著 赵德明 译

四先生
〔葡〕贡萨洛·曼努埃尔·塔瓦雷斯 著 金文彰 译

房间里的阿尔及尔女人
〔阿尔及利亚〕阿西娅·吉巴尔 著 黄旭颖 译

拳头
〔意〕彼得罗·格罗西 著 陈英 译

烧船
〔日〕宫本辉 著 信誉 译

吃鸟的女孩
〔阿根廷〕萨曼塔·施维伯林 著 姚云青 译

幻之光
〔日〕宫本辉 著 林青华 译

家庭纽带
〔巴西〕克拉丽丝·李斯佩克朵 著 闵雪飞 译

绕颈之物
〔尼日利亚〕奇玛曼达·恩戈兹·阿迪契 著 文敏 译

迷宫
〔俄罗斯〕柳德米拉·彼得鲁舍夫斯卡娅 著 路雪莹 译

奇山飘香
〔美〕罗伯特·奥伦·巴特勒 著 胡向华 译

大象
〔波兰〕斯瓦沃米尔·姆罗热克 著 茅银辉 易丽君 译

诗人继续沉默
〔以色列〕亚伯拉罕·耶霍舒亚 著 张洪凌 汪晓涛 译

狂野之夜：关于爱伦·坡、狄金森、马克·吐温、詹姆斯和海明威最后时日的故事（修订本）
〔美〕乔伊斯·卡罗尔·欧茨 著 樊维娜 译

父亲的眼泪
〔美〕约翰·厄普代克 著 陈新宇 译

回忆，扑克牌
〔日〕向田邦子 著 姚东敏 译

摸彩
〔美〕雪莉·杰克逊 著 孙仲旭 译

山区光棍
〔爱尔兰〕威廉·特雷弗 著 马爱农 译

格来利斯的遗产
〔爱尔兰〕威廉·特雷弗 著 杨凌峰 译

终场故事集
〔爱尔兰〕威廉·特雷弗 著 杨凌峰 译

令人反感的幸福
〔阿根廷〕吉列尔莫·马丁内斯 著 施杰 译

炽焰燃烧
〔美〕罗恩·拉什 著 姚人杰 译

美好的事物无法久存
〔美〕罗恩·拉什 著 周嘉宁 译

魔桶
〔美〕伯纳德·马拉默德 著 吕俊 译

当我们不再理解世界
〔智利〕本哈明·拉巴图特 著 施杰 译